산수국 통신

산수국 통신

초판발행일 | 2022년 8월 25일

지은이 | 강영은
펴낸곳 | 도서출판 황금알
펴낸이 | 金永馥

주간 | 김영탁
편집실장 | 조경숙
인쇄제작 | 칼라박스
주소 | 03088 서울시 종로구 이화장2길 29-3, 104호(동숭동)
전화 | 02) 2275-9171
팩스 | 02) 2275-9172
이메일 | tibet21@hanmail.net
홈페이지 | http://goldegg21.com
출판등록 | 2003년 03월 26일 (제300-2003-230호)

값은 뒤표지에 있습니다.

ISBN 979-11-6815-026-3-03810

강영은의 PPE (poem, photo, essay)

산수국 통신

황금알

　몸과 마음이 피폐해질 대로 피폐해진 10년 전 어느 날, 고향 제주로의 귀환을 단행했다. 반겨 줄 사람 변변히 없는 고향이었지만 형편이 닿는 대로 무작정 바닷가 자그마한 마을에 둥지를 틀었다. 찾아갈 곳도 찾아오는 이도 없는 그 바닷가 마을에서 풀을 뽑고 꽃밭을 가꾸며, 문명이라는 이름으로 나를 압박했던 도시의 땟자국을 벗겨내기 시작했다. 그러다가 바닷가 마을을 떠나 나를 낳아준 서귀포로 이사했다. 바다보다 산이 가까운 마을에 글집을 마련했지만, 글을 쓰기보다 멍을 때리는 날이 많았다. 멍을 때리면서 연어처럼, 회귀의 에너지를 얻었다. 돌담 너머로 떠오르는 아침 햇살과 늙은 팽나무 꼭대기에서 재재거리는 새 소리, 빈 마당을 채운 들꽃들을 보면서 감탄하는 것 외에 내 생(生)의 내력과 지혜는 아무 쓸모가 없었다.

　"나의 가장 완전한 미래란 과거다."라는 말을 어느 글에서 읽었던 적이 있다. 그래서일까, 나를 낳아준 고향 속에서 잊었던 과거를 녹여내는 동안 '내 안의 제주'와 '내

밖의 제주'가 둘이 아닌 하나라는 걸 깨달았다. 내가 누구인지, 어디서 왔는지, 어디로 갈 것인지, 그 교착 지점에 제주가 있었다. 제주는 이제 내가 그리워하던 과거의 장소가 아니라 현재의 나와 미래의 나를 읽어내는 근원이 되어 준다. 나의 외연뿐만 아니라 본질을 허락해준 제주에 대한 사랑이 샘 솟는 것은 당연한 귀결이다. 나의 본령인 '시'와 발로 뛰어다니며 찍은 '사진'과 생각을 묶은 '에세이'를 통해 제주를 아끼고 사랑하는 이들에게 '힐링 제주'를 선물하고 싶은 생각이 간절해졌다. 산수국 피는 계절이다. 당신에게 산수국 통신을 타전한다. "나는 그대에게 산수국 피는 따뜻한 남쪽이고 싶습니다!"라고,

사랑하는 가족과 이 책을 만드는데 진심으로 이해해주고 흥감스럽게 편집해주신 『황금알』 출판사 대표 김영탁 시인께도 심심한 감사를 드린다.

산수국 피는 6월
강영은

차 례

1부

2부

3부

1부

귀거래(歸去來)

　기억은 시간 속에 새겨져 있는 돋을새김 무늬다. 상감 무늬처럼 지워지지 않는 그것은 아무리 시간이 흘러도 변하지 않는 어제를 보여준다. 어린 시절이나 향수를 각별한 추억으로 간직하는 것은 그 무늬가 마음속에 단단히 새겨져 있기 때문이 아닐까. '지나간 모든 것은 아름답다'라는 말이 있듯이 아무리 괴롭고 슬픈 추억이라도 시간 속에 여과된 무늬는 과거를 아름답게 채색한다.

해거름 마을공원 앞바다(한경면 판포리)

풍비박산된 초가지붕, 강풍에 날린 기왓장과 함석 간판, 길에 드러누운 전신주와 가로수, 태풍이 지나간 아침마다 황폐해진 거리를 바라보는 유년은 황량했지만, 생각해보면 그 황량함마저, 그립고 애틋하다. 아랫목에 옹기종기 둘러앉아 삶은 고구마를 먹던 그 시절, 올레를 돌아나가던 바람 소리, 여름 내내 멀구슬나무에서 울던 매미 소리, 흰 눈이 쌓인 귤나무 아래 몇 시간이고 서 있던 첫사랑, 모두 마음을 설레게 하는 소리며 장면이다.

　　다시 돌아갈 고향이 있다는 것은 누구에게나 허락된 축복은 아니다. 실향민들과 새터민, 최근 세계적인 이슈가 되고 있는 난민들, 그들의 슬픔은 돌아갈 고향이 없는 것이 아니라, 쉽게 돌아갈 수 없는 고향을 지녔다는 점에

판포 바닷가에 마련한 글집

서 더 비극적이다. 마음대로 오갈 수 있는 사람에게 고향은 저물녘이면 제 둥우리로 찾아드는 새들에 비견할 만큼 소소한 행복일지 모른다. 너무나 당연하기에 매일 숨 쉬는 공기의 중요성을 모르듯 감사함을 잊고 살 때가 많은 게 아닐까. 고향이 자신의 삶에 얼마나 큰 힘을 부여해주는지 고향을 떠나본 사람들은 안다. 떠난 지 40년, 다시 돌아오기까지 강산이 네 번 변했다. 제주를 떠나던 그 날부터 그리움의 종착지였던 고향, 언제 어떻게 세월이 흘렀는지 모를 만큼 뭍의 생활에 찌든 마음이 마냥 철없던 어린 시절로 돌아가는 듯하다

정지용 시인이 "고향에 고향에 돌아와도 그리던 고향은 아니러뇨" 노래했듯, 낡은 사진첩 속의 흑백사진처럼 바랜 기억을 들고 다시 돌아온 고향은 이전과는 너무 다른 모습이다. 부모님 생전에 종종 다녀가곤 했지만, 일상에 쫓겨 '수박 겉핥기' 식의 짧은 여정 속에 변화하는 모습을 느낄 여유가 없었다.

다시 찾은 제주의 풍광은 보는 것마다 놀라움을 금치 못한다. 제주를 떠난 것을 후회할 정도로 어린 시절 느끼지 못했던 아름다운 모습에 어안이 벙벙할 따름이다. 제주는 이제 보물섬으로 그 아름다움과 고유함은 세계인이

창고와 노을(남원읍 신례리)

인정하는 바이지만 어린 시절, 늘 가까이 있었기에 청맹과니처럼 제주의 참된 가치를 알지 못했던 것 같다. 귀향의 꿈이 너무 늦게 이루어진 셈이지만, 자그마한 집을 마련하고 한 달의 절반을 제주에 내려와 고향 찾기에 골몰해 있는 요즘, 낡고 찌들었던 삶이 싱싱하게 활력을 되찾아가는 것을 느낀다.

　　중국 시인 도연명(陶淵明 365~472)은 41세 때 마지막 관직을 사직하고 고향으로 가는 소회를 귀거래에 담았다. 그 '귀거래가'에서 도연명은 "이 좋은 시절 즐기며 혼자서

올레 8코스의 바다 풍경

가며 혹은 지팡이를/ 세워 김매고 북돋우노라 동쪽 언덕
에 올라 노래 부르고 조용히 맑은 물에 가서/ 시를 지으
며 자연의 조화를 따라 돌아가려 하니 천명을 즐길 뿐, 무
엇을 의심할 것인가"라고 노래한다. 나 역시, 고향으로 돌
아간 소회를 다음과 같이 노래한 바 있다.

　　돌무더기 가슴 답답한 날이면 제주행 비행기를 탄다 바닷가
　　빈집으로 돌아간다 잡초 무성한 밭을 일구고 밤바다에 어망을
　　던져두니 물 밖으로 나온 밤 낙지처럼 눈이 맑아진다 정신을
　　육체의 노예로 만들었던 서울을 도망치듯 벗어난 일이 그대
　　탓인가. 물결은 한결같은 문장에 밑줄을 칠 뿐 별빛에도 눈동
　　자에도 가없는 밀물

사람을 꽃이라 부르는 일도 사람을 흉기라 여기는 일도 그때는 솔깃했으나 모든 비유는 낡아지는 법, 내 스스로 산을 그대라 불렀고 바다를 그녀라 불렀으나 지금 나에게 그대도 없고 그녀도 없으니 스스로 젖은 적 없는 저, 산과 바다를 무슨 비유로 노래할 것인가,

죽은 귀를 깨우는 파도 소리에 나는 다만 혀로 쓰는 붓질과 귀가 잣는 소음과 멀어지고 싶을 뿐 물결과 거래하는 나의 귀 거래는 오늘을 말없이 건너는 일, 파랑이는 나를 건디는 일일 것이다 물결이 빠져나간 여는 이미 마른 슬픔, 썰물을 불러들이는 두 다리가 몇 尺 길어진다

언제 올지 모르는 썰물, 그 바닷가에서 섬이 된 사람들을 오래 기다렸다

―「귀거래」 전문

그렇다. 고향은 언제 올지 모르는 썰물처럼 사라져 버린 기억 저편에서 파랑이는 삶의 이편으로 공간과 시간을 이동시켜준다. 과거와 미래가 동시에 접속되는 곳, 고향의 참모습을 볼 수 있는 눈을 새로이 갖게 된 것은 고향이 내게 베풀어준 선물이리라. 내 몸에 젖어 들었던 고향 제주의 바람과 파도와 숨비소리는 시 속에 고스란히 녹아

15

타향살이의 외로움과 고단함을 달래순다. 세상이란 바다를 보여주셨던 부모님은 지금 안 계시지만 바람과 싸우던 아버지, 바람의 옷을 입고 파도를 건너던 어머니의 숙명을 노래할 수 있다면, 나는 기꺼이 제주의 딸로 다시 태어나리라.

오래 남는 눈

우리는 흔히 시간을 흐른다고 표현한다. 흐른다는 것은 정지된 어느 정점의 끊임없는 변화 작용을 의미한다. 이러한 시간의 순서를 얘기할 때 우리는 대부분 과거, 현재, 미래를 차례로 거론한다. 하지만 기억이 재현해내는 시간은 순서 없이 구현되는 시간이다. 단순한 과거로만 돌릴 수 없는 기억의 저변에는 시간이 변주해낸 공간이

과수원에 내리는 눈

들어앉아 꼬리를 물고 돌아가는 삶의 궤적을 추적해내기
도 한다.

　　예촌 마을에 눈이 날린다. 흰 나비 떼처럼 나풀거리
던 것이 수만 마리의 벌떼처럼 몰려와 잿빛 허공을 뒤덮
는다. 쌓일 새도 없이 녹아내리는 눈을 보며 실소를 머금
는다. '제주도의 눈은 내리면서 녹는 눈'으로만 알고 있었
던 지난날의 오류가 생각났기 때문이다.

　　"제주에도 눈이 내리나요?"
　　"그럼요, 내리면서 녹는 탓에 눈 쌓인 풍경은 본 적
없어요"

글집 베란다와 앞마당에 내려앉은 눈

내가 제주도 출신이라는 것을 아는 어느 시인이 질문을 던졌을 때, 아무런 망설임 없이, 오히려 자랑스럽게 대답한 적이 있다. 제주도에서도 가장 따뜻하다는 '효돈'마을에서 성장한 탓도 있지만, 제주도가 따뜻한 남쪽이라는 점을 강조한 면도 없지 않았다. 제주도처럼 변화무쌍한 날씨를 가진 곳이 없다는 걸 알지 못했던 '우물 안 개구리' 시절의 이야기이지만 오늘도 눈은 내리면서 녹고, 그늘진 응달에 눈물 자국처럼 남은 자취를 본다.

　　여고 시절, 제주시에서 서귀포로 가려면 5·16도로가 아니면 일주도로밖에 없었다. 지금에야 평화로, 번영로, 남조로 같은 길이 시원하게 뚫려 있어 통행이 자유로워졌지만, 그때는 직행로인 5·16 도로에 눈이 쌓이면 어쩔 수 없이 일주도로를 이용해야 했다. 제주도를 반 바퀴 돌아야 집에 도착하게 되는 것이다. 어느 해 겨울방학, 동일주도로를 타고 집으로 돌아가던 길이었다. 버스 차창에 기대어 '자다 깨다'를 반복하던 그때, 한라산에 가로막힌 서귀포는 내가 돌아가야 할 가장 먼 곳이었다.

　　유리창에 칸칸이 박혀 있는 어둠이 낯설었다. 성산포를 지날 때쯤, 하얀 눈이 소복이 쌓인 초가집들이 환상처럼 다가왔다. '가와바따 야스나리'의 소설 '설국'의 한 구절처럼 '밤의 밑바닥이 하얘졌다'. 경이로움이 눈(目)을 새롭게 했던 것일까, 흑백의 그 풍경이 마음의 수묵화로 오래도록 남아 있었다. 잔설의 기억들은 시(詩)가 되어 주었다. 그 기억들을 따라가면 뒤꼍이 있다.

뒤꼍은 혼자 숨어서 울기 좋은 곳이다. 아무에게도 들키지 않는 나만의 은신처, 서늘한 자의식의 공간이다. 바람이 불면 대나무 잎사귀에 귀를 묻고 싸락눈이 내리는 날이면 눈발 듣는 소리에 공연히 서럽기도 했다. 휘파람을 부는 소년을 따라 뒷담을 넘고 싶었고 어디론가 멀리 달아나 구두를 깁는 사내의 아낙네가 되어도 좋다고, 서툰 사랑의 종착지를 꿈꾸기도 했다. 그러한 뒤꼍이 있었으므로 나는 그늘을 알게 되었고 그늘을 사랑함으로써 그

돌담에 둘러싸인 뒤꼍

늘보다 더 깊은 슬픔을 껴안을 수 있었다.

　　뒤꼍이 없었다면, 돌담을 뛰어넘는 사춘기가 없었으리라 콩
당콩당 뛰는 가슴을 쓸어안은 채 쪼그리고 앉아 우는 어린 내
가 없었으리라 맵찬 종아리로 서성이는 그 소리를 붙들어 맬
뒷담이 없었으리라 어린 시누대, 싸락싸락 눈발 듣는 소리를
듣지 못했으리라 눈꽃 피워내는 대나무처럼 푸르게 눈 뜨는
깊은 밤이 없었으리라 아마도 나는 그늘을 갖지 못했으리라
한 남자의 뒤꼍이 되는 서늘하고 깊은 그늘까지 사랑하지 못
했으리라 제 몸의 어둠을 미는 저녁의 뒷모습을 보지 못했으
리라 봄이 와도 녹지 않는 첫사랑처럼 오래 남는 눈을 알지 못
했으리라 내 마음속 뒤꼍은 더욱 알지 못했으리라
　　　　　　　　　　　　　　　　　　　－「오래 남는 눈」 전문

녹고 있는 눈(법환 바닷가)

돌담에 진 친 거미줄

　누구에게나 아무도 몰래 간직하고 싶은 마음의 장소
가 있을 것이다. 마음의 구석진 자리에 남아 있는 그것은
자신만 아는 풍경을 이룬다. 양지에서 음지로 서서히 빛
을 이동시키는 저녁의 뒷모습 같은 풍경을 따라가면 뒤꼍
이 있다. 아무도 몰래 주저앉아 우는 당신의 뒤꼍, 응달진
당신의 마음을 '오래 남는 눈'으로 위무하고 싶다.

서귀포

서귀포로 가는 길은 언제 어디서나 하향곡선이다. 굽이굽이 모퉁이를 돌 때마다 일어서는 바다, 눈높이만큼 일어선 바다는 부서지는 햇살로 오랜 지기처럼 다정해진다. 눈썹 부근이 출렁이기 시작한다. 서귀포에 다다랐음

유람선이 정박해있는 서귀포 항구

을 감지한다. 바다는 겹겹 건물을 세우고 꼬부라진 옛길들은 바다를 향해 흘러내린다. 바다로 나가 시가지를 바라보면, 햇살 먹은 지붕들이 빛난다. 흰빛에 압도당한 각막이 왠지 모르게 슬퍼진다. 모든 풍경이 사라진 자리, 텅 빈 각막이 추억이란 빛으로 채워진다.

삼매봉 옆구리를 지나는 좁은 도로를 타고 서귀포로 접어든다. 과거에는 일주도로였다. 지금은 중앙로를 관통하는 일주도로가 신시가지를 향해 뻗어 있지만, 커튼이 젖혀지듯 왼쪽 시야가 확 열리는 그 길로 일부러 차를 몰곤 한다. 크고 작은 언덕이며 녹색의 장원(莊園)이며 덧칠된 귤 창고는 예전과 다름없다. 동화 같은 그 풍경은 그림엽서에서 만나보던 이국의 마을처럼 그지없이 평화롭고 아름답다. 그래서 그 길은 언제나 행복한 시절로 안내하는 관문(關門)으로 존재한다.

서귀포(西歸浦)는 진시황의 명령을 받고 불로초를 구하러 왔던 서시 일행이 이곳에 머물다가 서쪽으로 돌아갔다는 전설에서 붙여진 지명이다. 정방폭포의 절벽에 서시과처(徐市過處)라는 글이 적혀 있다고 하니, 세월 속에 지워진 역사의 고증은 지명 속에 남은 어제를 보여준다.

서귀포에 대한 기억은 정작 소박하다. 언니 손을 잡

새섬 너머, 세연교와 한라산

고 놀러 갔던 새섬의 풀밭이며 먼나무를 보러 갔던 천지
연, 어머니와 함께 물 맞으러 갔던 소정방 등, 기억 속에
간직한 몇 점의 풍경이 남아 있을 뿐이지만, 그 풍경을 향
해 기원(origin)을 향하여 회귀하는 연어처럼 본능적으로
찾아든다. 서귀포는 '나'라는 존재를 이루고 있는 몸과 마
음의 내륙이며 영원한 안식을 향해 출발하는 기항지이기
때문이다.

서귀포에서는 누구나 섬이 된다
섶섬, 문섬, 범섬, 새섬이 배후여서 새연교 난간에
한 컷의 생을 걸어놓은 사람은
섬으로 건너가는 일몰이 된다

서귀포에서는 누구라도 길을 묻는다
바다를 향해 흘러내리는 언덕에 서서
여기가 어디냐고, 서 있는 곳을 되돌아본다
당신이 서 있는 거기서부터 서귀포는
언제나 서쪽이다
녹두죽 같이 끓는 바닷가 찻집에 앉아
노을처럼 긴 편지를 쓰면
기억만큼 고통스럽고 아름다운 것은 없다
언제쯤 당신에게 닿을 수 있을까,
불붙는 해안선을 지나면 또 해안선
긴 문장이 따라오는 지상에서
가장 참혹하고 아름다운 편지를 쓰고 있다면
당신은 서귀포에 있는 것이다
떠도는 섬을 당신의 마음속에
붙잡아 앉힌 것이다

– 「서귀포」 전문

외롭고 고독한 당신도 섬으로 건너가는 일몰처럼 어두워졌을까, 잡을 수 없는 마음을 붙잡아 앉힌다. 서귀포를 에워싼 4개의 섬이 출렁이는 당신을 잠재운다. 수평선 멀리 한치잡이 배에서 흘러나오는 불빛들이 서귀포의 눈동자라는 걸 알 때쯤, 서귀포는 영원히 지워지지 않는 한 폭의 진경산수화로 당신의 가슴에 새겨지고 있을 것이다.

물고 물리는 새섬과 범섬

푸른 식탁

　　기쁨은 나누면 배가 되고 슬픔은 나누면 반으로 준다는 이야기가 있다. 인간관계의 유대감이 중요하다는 얘기다. 관계의 소중함을 강조하는 말이기도 하다. 친한 사람들과 즐거운 시간을 보내면, 기쁨이나 슬픔 같은 감정뿐 아니라 만병의 근원인 스트레스 호르몬 분비가 확 줄어든다는 연구 결과도 있다. 사람과 가장 가까운 침팬지의 경

예래 해안도로 갓길에 핀 무우꽃

우, 친구랑 있으면 스트레스 호르몬이 크게 줄었다고 애리조나주립대 "케빈 랜저그레버" 교수는 연구 논문에서 말한 바 있다.

인간이 맺는 관계를 끈으로 비유하기도 한다. 가족이나 친지 같은 혈연을 빼고 나면, 가장 튼튼한 끈은 친구가 아닐까 싶다. 표의(表意)를 특징으로 하는 인디언 말로 친구는 '나의 슬픔을 등에 지고 가는 사람'이다. 그 말 그대로 나의 슬픔을 대신 지고 가는 친구를 둔 사람은 어떤 보석보다 값진 보석을 지녔음이 틀림없다

오래전, 사계에 있는 해안도로를 다녀온 적이 있다. 꼭 보여주고 싶은 곳이 있다고, 고등학교 때 친구가 데려간 곳이다. 송악산으로 가는 길 중간에 내리게 한 친구는 바다 너머를 가리켰다. 햇살에 반짝이는 금물결 너머 운무에 둘러싸인 한라산이 떠 있었다. "와~ 정말 한라산이니?" 감탄을 연발하는 내 모습에 친구는 애정이 담뿍 깃든 미소를 보여주었다. 타향살이에 지친 나에게 제주의 참 모습을 선사하고 싶은 친구의 마음이 진하게 느껴졌다. 메밀꽃 몇 송이 두런거리는 시야 너머 물결치는 것은 단애(斷崖) 끝에 걸터앉은 마음이었다. 친구와 나는 순한 짐승처럼 그저 바다만 바라보았다. 푸르게 물결치는 바다가 막 40대를 건너온 삶의 파동 같았다.

예래 해안도로의 작은 주상절리

친구는 그렇게 관광지로 개발되기 이전의 풍경들을 나에게 선사했다. 송악산은 제주말로 '절울이'라고 부른다. '물결(절)이 운다'는 뜻이라 한다. 바다 물결이 산허리 절벽에 부딪혀 우레 같이 운다는 데서 유래했다는데 막 중년에 들어섰던 우리도 그때, 삶의 절벽에 부딪히는 물결을 공감했던 것 같다. 서로의 마음을 살피던 그때, 갈고리처럼 굽어드는 해안이 풍경을 끌어왔다. 난파당한 마음을 위로하듯 그림처럼 떠 있던 형제섬이 뒤따라 왔기 때문일까, 눈앞에 출렁이는 사계 바다가 아침저녁 차

사계 바닷가의 유채꽃

려야 했던 식탁과 다름없는 것 같았다. 출렁거리는 식탁
처럼 신산한 삶 앞에서 친구와 나는 다정한 형제처럼 서
로에게 위무와 위로를 던졌다.

여긴 너무 고요한 식탁이야 고요가 들끓어서 목젖까지 아픈
식탁이야 전골냄비처럼 모락모락 김이 오르는 수평선에 입술
을 덴 하늘도 푸른 식탁이어서 냄비뚜껑의 꼭지처럼 덜컹거
리는 여긴 정말. 숟가락 없이도 배부른 식탁인 거야

저기 봐, 수평선 넘어 부푼 구름이 빗방울로 밥물 안치는 중이야 들어 봐, 밥물 잦아지듯 뜨겁게 끓는 파도 소리, 한 냄비 부글부글 끓는 수평선으로 살림 차린 나와 당신도 어쩌면 식탁일지 몰라 아니, 서로의 등뼈에서 슬픔을 발라먹던 식탁인거야 생선 가시에 걸린 것처럼 내 목울대가 자주 흑흑 거리는건 당신보다 내가 더 식탁이었다는 증거야

오늘은 사계 바다처럼 낯선 식탁이 되어 보는 거야 차량이 드문드문 외로움을 내려놓는 해안도로, 갓길에 앉아 잠자리와 메밀꽃, 노랑나비 한 쌍과 마주 앉아 식탁 차리는 거야 식탁보처럼 바다를 탁 덮어 보는 거야

푸른 고래 등 같은 수평선을 한입에 털어 푸른 것은 푸르게 삼키고 쓸쓸한 것은 쓸쓸하게 건너보는 거야

— 「푸른 식탁」 전문

"발을 잊는 것은 신발이 꼭 맞기 때문이고, 허리를 잊는 것은 허리띠가 꼭 맞기 때문이고, 마음이 시비를 잊는 것은 마음이 꼭 맞기 때문이다." 장자 '달생편(達生編)'에 나오는 말처럼, 친구와 나는 어느새 서로에게 꼭 맞는 신발이 되어 있었다. 암 투병 중인 친구를 오랜만에 조우했다. 각자의 등에 지고 온 슬픔을 감사하게 내려놓으며 변함없이 또 지고 가자고 약속했다. 푸른 것은 푸르게 삼키

올레 표시

고 쓸쓸한 것은 쓸쓸하게 건너자고, 오래전에 맹세했던
풍경을 마음속에 들여놓았다.

고독에 대하여

섬 하면, 대개 휴양과 낙원 이미지를 지닌다. 뭉게구름 피어오르는 해변과 푸른 파도, 하얀 모래사장, 섬 주위를 둘러싸고 있는 풍경이 우선 떠오른다. 암초로 둘러싸인 섬의 모습은 고립과 난파의 이미지를 지니기도 한다. 여기에, 가도 가도 끝이 보이지 않는 수평선 같은 상상이 개입되면 섬은 한층 더 다양한 이미지로 변신한다.

'지상의 열매들은 손만 뻗으면 닿는 곳에, 빛 속에 열려 있었다. 입으로 깨물기만 하면 될 일이었다' 프랑스의 유명한 철학가이자 작가인 '장 그르니에'가 산문집 『섬』에서 말한 것처럼 '손만 뻗으면 닿을 수 있는 곳'에 지상의 열매처럼 섬은 바다에 매달려 있다. 정현종 시인은 고독으로 점철된 인간 본래의 개연성(蓋然性)을 섬이라는 단 두 줄의 시로 표현한다 사람들 사이에 섬이 있다.

그 섬에 가고 싶다.

　이때의 섬은 사람들 사이를 이어주는 관계를 의미하기도 하고, 인간 존재의 근원을 표방하는 상징이 되기도 한다. 복잡한 관계에서 탈피하고자 하는 사람들에게 섬은 도피처이기도 하고, 유유자적(悠悠自適)할 수 있는 낙원으로 말해지기도 한다. 섬이 지닌 상징은 이렇듯 다양하다.

생이기정 길에서 바라본 차귀도

쇠소깍 하구의 바다

섬(island)의 본디 어원은 isolation으로, 고립, 분리, 격리, 외로운 상태를 뜻한다. 제주도(濟州道)는 '섬'이라는 뜻에서 제외된 행정구역을 지칭되는 말이다. 본도(本島)는 행정상, 섬에서 제외되었음에도 육지가 아닌, 섬으로 인식하는 것은 제주도가 위치한 공간의 특성 때문이기도 하지만 역사적, 지리적으로 고립무원이던 때가 태반이었음을 사람들이 기억하고 있기 때문인지 모른다.

고독은 집단적 가치에서 소외된 형태를 지닌다. 다행히도 지금은 고독을 긍정적으로 바라보는 시대이다. 고독을 자아 성찰과 발전의 기회로 삼는 경우도 많아졌다. 고

글집 돌담에서 살아가는 다육이

독한 삶이라는 낭만적인 판타지를 흉내 내는 고독은 기실 무용지물이다. 제대로 된 고독 사용법이 필요하다고 할까, 고독과 친구가 되는 기적을 이룬다면 고독은 분명 그에게 시간의 주도권을 쥐여줄 것이다.

도시의 환경 속에서 물과 기름처럼 겉도는 삶은 고독을 느낄 수밖에 없다. 나 역시, 사람들과 가까이하기도 전에 상처받는 일을 염려하고, 상처받는 일이 두려워 쉽게 다가가지 못한다. 환경에 완벽하게 순응하지 못한 것, 심리적인 평정 상태에 있지 못하다는 말이다. 이러한 나의 배경엔 불에 탄 돌덩이가 기어 다니고 느닷없는 바람 몰

돌로 된 독수리(위미리, 조배머들코지)

아치는 고향 제주가 존재한다. 생래적으로 고독을 지키는
섬의 운명을 지녔기 때문이다.

　　고독을 일찌감치 내 안에 들여놓은 것은 수평선 너머
를 동경하던 중학생 무렵이 아닐까 한다. 섬을 둘러싼 바
다가 창살 없는 감옥처럼 느껴졌었다. 저마다의 일생에

는, 특히 "그 일생이 동터 오르는 여명기에는 모든 것을 결정짓는 한순간이 있다"고 한, 장 그르니에 말처럼 아마도 나는 그때 소통되지 않는 한 공간을 마음속에 만들었는지 모르겠다.

내 몸속에 서천꽃밭이 들어있다 이름도 낯선 도환생꽃, 웃음웃을꽃, 싸움싸울꽃들로 만발하다 깨어진 화분에 몇 포기의 그늘을 옮겨 심는 나는 그 꽃밭을 가꾸는 꽃 감관

꽃 울음 받아 적는 저물녘이면 새가 날아가는 서쪽 방향에 대해 붉다라고 쓴다 산담 아래 흩어진 깃털에 대해 쓴다

불에 탄 돌덩이가 기어 다니고 느닷없는 바람 몰아치는 곳

언제부터 섬이었는지 활화산을 삼킨 내가 그 꽃밭의 배후여서 웅크린 섬의 둘레에 어두워가는 바다가 들어앉았다

새를 꺼내 보렴, 너를 볼 수 있을 거야, 새를 새로 꺼내는 파도 속에서 나는 나로부터 가장 가까운 새를 만진다 어둠이 무거워 날지 못하는 새

천국과 지옥으로 나누어지는 거기서부터 내 몸이 파도친다 나의 神은 그곳에 가장 큰 저승을 들여놓았다

—「고독에 대하여」 전문

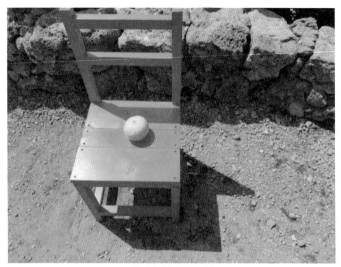
의자에 혼자 남은 귤

　서천꽃밭은 제주도 무가(巫歌)에서 서역 어딘가에 있다고 믿는 꽃밭이다. 여기에 피는 꽃을 죽은 사람에게 뿌리면, 살살꽃은 살을, 뼈살꽃은 뼈를, 도환생꽃은 영혼을 되살아나게 해준다고 한다.

　제주에 내려와 홀로 있는 날이 많아졌다. 내가 진짜로 원하는 것이 무엇인지, 나는 어디로 흘러가고 있는지, 나와 만나는 시간이 많아졌다. 고독은 사람들의 지나친 관여에서 물러날 수 있는 능력 중에서 필요한 요소가 아닐까 싶다. 그 속에서 천국과 지옥의 갈림길을 맞는다.

나침반

　오래전 사람들은 바다로 나아가기 위해 해와 별, 혹은 바람 같은 자연지물을 활용했다. 별을 보며 배의 위치를 깨닫고 바람의 방향과 세기로 배가 나아갈 방향과 배가 돌려야 할 때를 짐작했다. 흐린 날이나 안개 낀 날에는 사용할 수 없는 이 방법은 사람들로 하여금 별과 바람을 대신해줄 무언가를 소망했다. 자침(磁針)을 갈대나 나무 등에 붙여서 물에 띄워 보거나 명주실에 달아매어 사용하

매화 축제(휴애리 자연생활공원)

목마른 별(휴애리 자연생활공원)

는 등, 집약된 기술이 낳은 것이 나침반이다. 나침반의 등
장에는 이처럼 자연의 섭리와 동반하며 삶을 극복해온 인
간의 지혜가 숨어 있었다.

그 결과, 세계를 하나로 묶을 수 있는 최초의 키포인
트, 바다의 문이 열렸고, 거듭된 진화로 이제, 인간은 자
신만의 별을 갖게 되었다. 신인류의 나침반이라 불리는
GPS(Global Positioning System)가 그것이다. 이 나침반을
통해 우리는 길을 찾고 맛집을 찾으며, 어린 시절의 고향
집을 찾는다. 밤하늘에 반짝이는 별과 달리, 기계로 무장
된 이 나침반은 망가지면 쓸모가 없거나 고쳐야 하는 별
이다.

12세기 말인 프랑스의 시 「기네 드 프로뱅 성경(La Bible de Guynet de Provins)」에 이런 구절이 있다.

"결코 움직이지 않는 별이 있다네/ 결코 속이지 않는 항해 술이 있다네/ 그것은 갈색 돌로 된 자석을 이용하는 것이지"

이미 그때, 나침반이 존재했음을 알려주는 이 시(詩)는 별의 영원성을 말하는 시적 메타포(metaphor)로도 읽힌다. 불변의 진리처럼 움직이지 않는 존재, 참된 삶으로 나아가게 하는 방향성을 지닌 존재로, 나침반을 표현한다. 이처럼 나침반은 삶을 항진케 하는 역할을 담당함으로써 의미의 몸체를 키운다. 희망, 그리움의 대상 등, 고대의 나침반이었던 별의 상징 역시 시인들에게 유독 빛나는 이름이 된다.

나에게도 별은, 사랑하는 사람을 평생 바라보게 하는 나침반이었기 때문일까, 몸속에 자석을 묻은 것처럼 그리운 이의 향방만 좇던 아픈 한 때가 스스럼없이 시(詩) 속으로 흘러든 것은, 별처럼 멀면서, 별처럼 빛나는 사람을 사랑한다는 것은 별의 방향만 읽어내는 꽃이 되는 일이다. 삶도 사랑도, 정리(情理)를 서두르는 나이, 반평생을 지난 나는 이제 지는 꽃의 입장이 이해될 듯싶다.

마을 어귀의 복숭아꽃(남원면 신례리)

봄밤이다. 볕 그림자에 서 있던 복숭아나무가 분홍빛 꽃잎을 떨어뜨린다. 복사꽃은 감미로운 봄바람이 부드럽게 어루만지는 달밤에만 핀다고 했던가. 보아주는 이 없이 저 혼자 피어났던 복사꽃이 지는 것을 바라보니 누군가를 그리워하고 누군가를 사랑했던 일들이 일장춘몽(一場春夢)처럼 느껴진다.

복사꽃 진다 별뉘에 피었던 복사꽃 진다 바람 한 점에 겹겹 허공, 천길 벼랑 너머 천랑성 뜬다

사나운 별빛에 물어뜯긴 복사꽃 되는 일도 복사꽃 바라봄도 저무는 봄밤의 명주바람 탓, 실낱같은 바람은 꼬리를 숨기는데

돛을 단 별자리가 몸을 트는 저녁은 남쪽이 멀다 복사꽃 지는 마음은 삿대가 짧다

꽃이 진다는 건 지나간 별의 방향을 묻는 일, 당신에게 가는 길이 그러했으니

별의 방향만 읽어내는 꽃인 것처럼 몸속에 별자리를 묻은 나는 자석이어서

안개 낀 밤에는 뱃속에서 새가 울었다 가수알바람 부는 흐린 밤에는 쇠가 된 가슴에서 거북이가 기어 나왔다

꽃 지는 남쪽이 그리운 건 무슨 까닭인가

― 「나침반」 전문

나는 어디에 있는가, 어디로 향하여 가고 있는가, 이러한 질문이 던져질 때 자장을 일으키던 마음속 나침반을 떠올려본다. 부모 형제를 비롯하여 내가 만났던 모든 사

어두운 실내(판포리 글집 내부)

람들이 내 삶의 나침반이었다. 내가 흔들릴 때 내가 울 때, 나는 그들을 지표 삼아 고해(苦海)와 같은 세상을 무사히 항해할 수 있지 않았던가.

"보이는 것은 보이지 않는 것에 접촉되어 있다. 들리는 것은 들리지 않는 것에 접촉되어 있다. 생각되는 것은 생각되지 않는 것에 접촉되어 있다"고 말한 독일 시인 '노발리스'의 말처럼 어떠한 극점에서도 다독이며 안아주던 손길이 거기 있었다. 극점으로 치닫던 자석의 바늘이 북쪽도 남쪽도 아닌 중심을 향해 흔들림을 멈춘다. 꽃 지는 남쪽이 그리운 것은 멈추어 있는 고요의 힘 때문이다.

환상방황

　비가 오거나 안개 끼는 날이 잦아졌다. 오늘 아침에
는 마당 안까지 안개가 찾아들어 눈앞의 모든 풍경이 서
서히 사라졌다. 푸르름이 번져가는 마을도 마을로 가는
길도 자취를 감추고 간간이 들려오는 개 짖는 소리가 사
람이 사는 동네라고 알려줄 뿐, 사위가 입을 다물어 버린
듯했다. 인간사의 불명확함에 진땀을 흘리는 것처럼 축축

안개 너머엔 무엇이 있나?(쇠소깍)

한 기운이 흘러들면서 안개의 입자가 된 듯 수족이 젖어든다.

삼라만상의 모든 것을 삼키고 토해내는 안개는 신비롭다. 생각하기에 따라 낭만적이기까지 한 자연현상이다. 하지만 그 속에 묻혀 한평생 사는 일은 생각만 해도 쉽지 않은 일이다. 산과 바다를 유배시키고 마을을 사라지게 하고 사람과 사람 사이를 떼어놓는 안개가 짙게 끼면 시야가 좁아져 주변을 분간하기 쉽지 않다. 안개 정국은 한 치 앞도 못 보는 인간의 어리석음을 들추어낸다. 금을 긋고 땅을 넓히며 광대한 시야를 확보해 왔던 인간이라 할지라도 안개의 영토 속에 들어서면, 가속의 욕망을 내려놓고 조심조심 발걸음을 내딛는다. 어떤 수렁이 그 속에 있을지, 어떤 낭떠러지가 기다리고 있을지 모르기 때문이다. 안개는 물방울이 떠 있는 밑 부분이 지면과 접하고 있는가, 떨어져 있는가에 따라 구름이 되기도 하고 안개가 되기도 한다. 허황된 사람에게 뜬구름을 쫓는다, 하고 목적과 방향을 상실한 사람은 자신의 삶이 안개 속을 헤매는 것과 같다고 표현한다. 인간사의 접면이 안개와 같다.

'환상방황(環狀彷徨)'이란 안개가 심한 숲이나 들판에서 길을 잃었을 때 같은 장소에서 원을 그리며 제자리를 맴도는 현상이다. 이는 똑바로 걷는다고 하면서도 한쪽으로 쏠려서 걷기 때문에 발생한다. 걷고 또 걸어도 제자리만 맴돌던 젊음의 한때, 출구 없는 길을 무작정 달려가던 청춘은 환상방황에 다름 아닌 시기였다.

친구와 함께 1100 도로를 달리던 날, 순식간에 밀려든 안개에 접한 적이 있다.

"안개가 자주 끼난 걱정 말라, 아무 일도 어실 거여", 친구가 웃으며 말을 건넸지만, 손으로 잡을 수 없으면서도 뚜렷이 존재하는 괴물 안개를 만나고 보니 한편 신기하고 한편 걱정되었다.

선호가 모호한 감정이 의식을 재단하며 한 치 앞도

계곡을 덮은 안개(남원면 신례리)

안 보이던 한때의 나를 불러왔다. 꿈과 현실의 엇박자 속에 무력했던 날들, 안개 속을 헤매던 날들이 안개 속에 겹쳐졌다. 방황하던 그때, 열정과 힘을 다해 젊음이라는 혼돈을 넘지 않았던가, 적의를 드러내는 안갯속에서 안개와 같은 세월을 버티어낸 나를 격려하고 싶었다. 전조등을 켜고 거북이걸음을 하던 자동차가 1100고지를 지날 무렵, 비스듬히 서 있는 나무들 사이로 한 줄기 햇살이 비쳐들었다. 안갯속에서 살랑이는 나뭇잎들의 나지막한 소리, 언제 그랬냐는 듯 결박을 푸는 안개의 흰 손이 보였다. 사람이 아무리 노력해도 안개는 사라지지 않는 것을, 그러나 해가 비치면 곧 사라지고 말 안개인 것을 새삼 확인하는 순간이었다.

신례천의 안개

길의 내면 같은 숲속으로 숲의 내면 같은 나무 속으로 직진
할 때가 있다

눈을 부릅뜨고 지나가지 않으면 커다란 입속으로 돌진하는
숲 모퉁이에서 안개가 길을 막아서는 것인데

천백 미터의 목고지에는 투명한 구면체의 입술에 피를 내준
사람이 고사목으로 서 있는 것이 목격되기도 한다

고사목의 흰 뼈가 당신의 내면이라면, 당신은 어제 간 숲밖
에 읽지 않았다는 말, 사라진 발목을 찾아 헤매는 살인동화만
읽었다는 말

살아있는 나무가 죽은 나무처럼 보이는 그때, 피막에 흡착
된 축축한 내면은 한 개의 귀로 이파리의 천 리 밖을 떠돈다

썩은 이끼를 지닌 표고버섯처럼, 표고버섯을 건너뛴 줄무늬
다람쥐처럼, 죽은 나무 속에서 몸을 되찾는 일은 어제 간 숲
을 다시 읽는 일,

누선의 방향만 생각하는 나무 밖으로 걸어 나오는 일일지
모르지만

당신은 보이지 않고 안개만 가득한 날, 숲의 썩은 창자 속에
서 걸어 나온 이파리들의 햇살을 문 젖니는 얼마나 눈부신지

안개 걷히고.(글집 마당)

안개 낀 숲을 빠져나온 당신과 나의 뼈가 어느 방향에서 환
해지는지 천백도로를 지나 본 사람은 안다

－「환상방황」 전문

자연의 순리는 어긋남이 없다. 그 순리에 따라 사는
것이 하늘의 뜻이요 땅의 뜻일 것이다. 불확정성, 모호함,
혼돈의 대명사로 불리기도 하지만 안개는 소설가 '김승옥'
의 『무진기행』의 한 구절처럼 '사람들로 하여금 해를, 바
람을 간절히 부르게 하는' 비의(比擬)적 측면에서 희망을
표상한다. 절망이나 슬픔이 그렇듯, 안개 역시 반드시 걷
히고 마는 현상에 도달하는 것이다. 마당 가득 안개가 풀
리는 것을 지켜본다.

쇠소깍, 남쪽

제주도의 하천은 대부분 건천(乾川)이다. 큰비가 오면 바다를 향해 굽이치는 거대한 용처럼 연동(聯動)한다. 하천 곳곳에 용천수와 소(沼)가 있어 이를 중심으로 마을을 이루거나 마을 사이의 경계가 되기도 한다. 그래서인지, 하천 곳곳엔 크고 작은 이야기가 숨어 있다.

쇠소깍

쇠소깍 하구의 사람들

산을 쪼개어 벌렸다 하여 '산벌른 내'라고 부르는 효
돈천도 쇠소깍을 품은 비경(秘經)만큼 아름다운 이야기를
들려준다.

어린 시절, 쇠소깍의 모래 자갈 위에 입고 간 옷을 벗
어놓고 동생들과 멱을 감으며 긴 여름 해를 보냈다. 건너
편 기슭까지 왔다 갔다 헤엄치다 지치면, 모래 벌에 드러
누워 하늘 높이 떠가는 뭉게구름을 바라보다가 잠이 들곤
했다. 꿈도 마음도 따라 두둥실 떠올랐던 그 여름날, 풋잠
에서 깨어나 물빛을 바라보면 심장의 피를 빨아들일 듯
두려움이 들었다. 생과 사의 경계처럼 옅고 짙은 푸른색
이 오묘했기 때문일까, 어쩌다 시퍼런 물이 담긴 소(沼)로
들어서면 차디찬 물의 기습에 소스라쳐 놀라던 기억이 어

쇠소깍 물색

린 마음에도 예사롭지 않았다. 무서움조차도 정직하게 바라보던 그 시절을 생각하면 그리움이란 단어가 먼저 떠오른다. 다시 돌아갈 수 없는 날들이기 때문이다.

쇠소깍에도 예외 없이 전설이 어려있다. 용이 살았다는 전설 말고도 부잣집 무남독녀와 그 집 머슴의 동갑내기 아들이 사랑을 꽃피우지 못하자 몸을 던져 죽고 말았다는 이야기가 애틋하게 남아 있다.

나 자신에게도 전설 같은 이야기가 있는 곳이다. 중학교 시절 동네 오빠가 행방불명 됐었다. 친구가 소피보러 간 사이 사라졌다는 그 오빠는 비 갠 다음 날, 퉁퉁 붇은 시체가 되어 떠올랐다. 시체를 인양하기 위해 모인 사람들 틈에 끼어 흐느끼던 선배 언니, 새침데기인 그 언니의 우는 모습은 내게 또 하나의 전설로 남아 있다.

오랜만에 쇠소깍을 찾았다. 넉넉한 인심과 감귤의 고장이었던 마을의 조용한 바닷가가 이제, 관광객이 들끓는 장소로 탈바꿈해 있었다. 혼자 아껴두며 보았던 보물을 잃은 기분이었지만, 언제고 오고야 말 장면의 현시(顯示)처럼, 그곳은 마을을 먹여살리는 보물이 되어 있었다. 상경해서 일상에 몰두해 있는 지금도 눈을 감으면 쇠소깍의

썰물 때의 쇠소깍

맑은 물이 보이고, 그곳에서 길어 올렸던 어린 날의 이야
기들이 동화처럼 떠오른다.

내 어린 시절을 품고 있는 그곳을 시로 형상화하는
것은 너무나 숙명적인 귀결이었다. 쇠소깍을 내 마음의
쇠소깍에 오롯이 담아 두기로 했다.

소가 드러누운 것처럼
각이 뚜렷한 너를 바라보는
내 얼굴의 남쪽은
날마다 흔들린다

창을 열면 그리운 남쪽,
살청빛 물결을 건너는 것을
남쪽의 남쪽이라 부른다면

네 발목에 주저앉아
무서워, 라고 말하고 싶었지만
무서움보다 깊은 색, 살이 녹아내린
남쪽은 건널 수 없다

눈이 내리면 너도 두 손을 가리고 울겠지
눈 내리는 날의 너를 생각하다가

북쪽도 남쪽도 아닌 가슴팍에
글썽이는 눈을 묻은 젊은 남자의
비애를 떠올린다

흑해의 지류 같은 여자를 건너는 것은
신분이 다른 북쪽의 일,

구실잣밤나무 발목 아래 고인 너는 따뜻해서
용천수가 솟아 나온 너는 더 따뜻해서

비루한 아랫도리, 아랫도리로만 흐르는
물의 노래, 흘러간 노래로 반짝이는
물의 살결을 무어라 불러야 하나

아직도 검푸른 혈흔이 남아 있는 마음이
무르팍에 이르면
다시는 돌아오지 않을 지독한 사랑처럼
먼바다로 떠나가는 남쪽

누구에게나 전설은 있지, 중얼거려 보는
내 얼굴의 남쪽

－「쇠소깍, 남쪽」 전문

전설(傳說)은 오랜 시간에 걸쳐 입에서 입으로 전해 내

손님들은 돌아가고 빈자리만 남은 태우(제주 전통 배)

려온 것으로 어떤 공동체의 내력이나 자연물의 유래, 이
상한 체험 따위를 소재로 파급된 문화 형태다. 전설에는
되도록 구체적인 시기를 밝히려 하지만, 대개는 엄밀히
말해 불확실한 경우가 많다. 그런 의미에서 전설은 옛날
이야기일지 모르지만, 누구에게나 "왕년(往年)에 말이야"
로 시작되는 옛날 이야기가 있다. 내 얼굴의 남쪽에 고향
이 있고 어린 시절이 있고, 그 고향 땅에 주저리주저리 열
리는 전설이 있다. 그리고 이 이야기를 듣는 당신이 있다.
당신에게도 다시는 돌아오지 않을 지독한 사랑 같은 옛이
야기가 영글고 있을지 모른다.

으악새

태풍 차바가 가을을 흔들며 지나갔다. 마당으로 밀려든 나뭇잎이며 부러진 나뭇가지들을 치우느라 여념이 없는데 꼬리를 감추었던 가을이 슬그머니 찾아와 계절이 깊어 감을 알린다. 바람이 한층 소슬해지고 저 혼자 자란 소국의 무리가 노랗게 돌담가를 물들인다. 억새가 만발 하다는 소식이 관광객의 입에서 하얗게 핀다. 여기저기 은 빛 억새들이 장관을 연출하기 시작했다는 소식을 접하고

억새들의 춤사위

보니 마음이 먼저 가을의 절정에 들어선다.

　억새가 군락을 이룬 산굼부리, 몇 년 전 보았던 억새들의 춤사위가 눈앞에 흑백의 수채화를 이룬다. 오름의 능선마다 피어나는 억새의 행렬도 멋있었지만, 은빛 물결을 이룬 초원의 풍경 앞에서 찬란하게 돋아나는 슬픔을 느꼈던 것은 무엇 때문이었을까. 바람밖에 없는 쓸쓸한 들판에서 저 혼자 춤을 추는 억새의 향연이 이 땅의 운명

산굼부리를 가득 채운 억새

산굼부리, 정상으로 가는 길

과 결부되어 있다고 느꼈던 것은 누가 심지 않아도 절로
나고 자라는 태생적인 슬픔을 막연히 느꼈기 때문인지도
모르겠다. 그래서인지 억새가 소슬바람에 스치는 소리는
정말로 스산하고 처량하다.

우리 가요 중에 고복수 선생이 부른 '짝사랑'이라는
노래가 있다. "아~ 아~ 으악새 슬피 우니 가을인가요"로
시작되는 첫 소절을 처음 대했을 때 '으악새'가 어떤 새인
지 몹시 궁금했다. 인터넷을 뒤져보니 '으악새'는 '억새'를
부를 때 쓰는 경기 방언이라고 되어 있다. 이 노래의 작사
자는 노래의 배경이 억새가 아닌 새 소리를 표현한 것이
라고 한다. 뒷동산에 올라가 보니 멀리서 '으악, 으악' 우
는 새의 소리가 들려 붙인 이름으로 설명한다. 억새가 바
람에 부딪히며 내는 마찰음을 새의 울음소리로 비유한 것

으로 설명될 수 있다. 풀을 새로, 멋지게 표현한 것이 된다. 풀의 울음소리라고 했던, 으악, 하고 우는 새소리라고 했던, 억새는 가을의 애상(哀想)과 정서로 무늬져 있다.

억새도 나도 섬 주위를 맴도는 파도를 닮았다. 은빛 물결인가 싶더니 어느새 금빛으로 옷을 갈아입는 억새는 하루 세 번 변하는 승경(勝景)으로 하여 별명도 세 가지다. 아침 햇살에 빛날 때면 은억새, 지는 해를 받아 금빛으로 출렁일 때는 금억새, 달빛을 받으면 꽃이 솜털 같다 하여 솜억새로 이름이 바뀐다.

바람에 나부끼는 금억새

산굼부리의 정상을 향해 걸어가던 날, 나는 으악새를 막 날아가려는 어느 영혼의 깃털로 여겨졌다. 길 양옆을 장식하는 억새꽃들은 바람에 흐느끼는 새였으면, 내 목울대에서 소리 없이 우는 새였으며, 쉽게 끝나지 않을 슬픔을 조율하는 영혼의 노래로 느껴졌다. 가을마다 철새의 외로에 깃들곤 했다.

　　으악새 슬피 우는, 종결형의 가을이 매번 찾아왔으므로 나는 으악새가 호사도요, 흑꼬리도요, 알락꼬리마도요 같은, 울음 끝이 긴 새인 줄만 알았다

　　한라산의 능선 길, 하얀 뼈마디 숨겨진 길을 걸으며 억새의 울음소리를 잠시 들은 적은 있지만 내 몸의 깃털들 빠져나가 바람에 나부끼는 유목의 가을, 능선의 목울대를 조율하는 새를 보았다

　　生에 더 오를 일이 남아 있지 않다고, 농약 탄 막걸리를 목구멍에 들이부었다는 작은 외삼촌, 한라산 중턱에 무덤 한 채 세운 그를 만나러 앞 오름 지나던 그 날, 차창 너머 햇빛에 머리 푼 으악새,

　　출렁이는 몸짓이 뼈만 남은 삼촌의 손가락 같았다 어깨 들썩이며 우는 삼촌의 아으, 희디흰 손가락, 그날 이후 손가락

만 남아 손가락이 입이 된 새를 사랑하게 되었다 으악새 둥지
를 내 몸에 들였다

―「으악새」 전문

태풍이 지나간 자리, 강풍에 드러누운 나무들을 다시
심고 말끔해진 마당을 보니, 가을이 한층 깊어진 무릎으로
열반에 들 채비를 서두른다. 제주의 진정한 가을 풍경은
억새에서 정점을 찍는 것은 아닌지, 가을이 다 가기 전에
억새를 보러 가야겠다. 한라산 능선 길마다 다시는 돌아오
지 않는 누군가 억새꽃으로 환생하고 있을지 모른다. 죽은
자의 뼈마디처럼 하얗게 피어나는 억새를 보며, 가슴에 담
아두었던 그 이름들을 소리 내어 불러 봐도 좋으리라.

산담과 무덤

어머니는 내게 바다를 보여주셨다

　　기억은 특별한 풍경을 채굴한다. 그 풍경은 그리움과 같은 추상의 날개를 펼치며 흘러가 버린 시공을 견주어 비교하기도 한다. 인생은 흘러가는 것이 아니라 채워지는 것이다. 라고 한 '존 러스킨'의 말처럼 우리는 하루하루를 보내는 것이 아니라 기억의 풍경으로 현재의 삶을 채워가는 것인지 모른다.

기억의 얼개

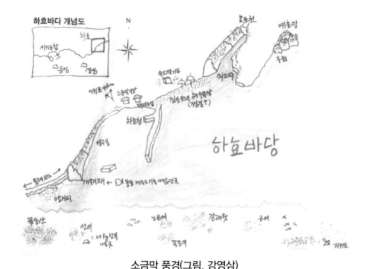

소금막 풍경(그림, 강영삼)

　　하효동에서는 일제강점기부터 1960년대까지 소금을
만들었다. 드럼통을 반으로 자른 것을 솥으로 삼아 그 안
에 바닷물을 넣고 끓이는 방식이었다. '소금막'이라는 지
명이 거기에서 비롯됐다는 말과 일제강점기, 공물에 충당
할 해산물의 채취(採取)를 감시하기 위해 설치했던 우금막
(牛禁幕)이 와전된 것이라는 설도 있다. 지금은 올레 6코스
의 시작이자 끝인 쇠소깍과 연결되어 올레꾼을 비롯한 많
은 관광객과 선박, 어선이 드나드는 항구로 변모했지만,
내가 자라던 시절만 해도 소금막 앞 도로는 한 사람이 지
나다닐 수 있는 소로였다. 풀이 무성한 소로에 접어들면
눈앞에 바다가 펼쳐지는데, 어머니와 나는 그곳에서 보말

이나 게를 잡곤 했다. 어머니는 보말을 잡기보다 인적 드문 갯바위에 올라앉아 '동심초'와 '바위고개' 같은 가곡을 목을 돋우어 부르거나 '황성 옛터' 같은 가요를 애달프게 부르면서 시간을 보내곤 했다

어떤 날은 멍하니 바다만 바라볼 뿐 밀물이 밀려들어도 꼼짝하지 않을 때도 있었다. 내가 알 수 없는 나라로 들어선 듯 대답 없는 어머니, 황혼에 빛나는 실루엣이 현실임을 이야기했지만 어떤 서러움 같은 것이 밀려들었을 뿐, 그런 어머니의 모습을 이상하게 생각한 적은 없었다.

저물녘의 그 모습을 이해하게 된 건 결혼을 하고 두 아이를 낳고, 여자 아닌 여자로 살아갈 때쯤이었다. 아내이자 엄마로 세상의 파도를 헤치느라 정신없었지만, 문득문득 밀려드는 외로움이 무방비로 노출되던 시기였다. 어머니가 아닌 여자로서의 정체성에 대해, 젠더(Gender)로서의 여성의 삶에 대해, 고민하던 내 모습이 그때 보았던 어머니의 모습에 다름 아니었다.

소금막 바다에는 어머니와 내가 친구였던 시절이 지워지지 않는 풍경으로 남아 있다. 소금막이 있었던 위치에는 소금막 지명 유래 표지석만 덩그러니 놓여 있을 뿐

이지만, 그 앞을 지날 때면 어머니와 나는 여전히 변치 않는 모습으로 다시 만나 는 것이다.

답답하실 때나 속상하실 때 기쁘실 때도
어머니는 어린 나를 데리고
바다로 나가셨다
바구니 가득 캐어오던 게나 고동 같은
그것들을 캐던 시간들 만은 아닌
어머니의 눈동자 속 출렁이는 바다
어머니는 그 바다 멀리
무엇을 찾고 계셨던 걸까
밀물들 무렵부터 나도 차츰 출렁이는 것이
어머니의 바다가 고스란히 내 속에

소금막 바다에 들어선 등대

들어와 있는 것만 같았다

막막한 그리움조차 썰물처럼 빠져나간

도시의 불빛 아래 서면 세상은 그대로

어머니의 바다였다

어느 외딴 섬의 무인 등대처럼

나는 얼마나

홀로 껐다 켜지기를 반복했던가

소금막 갯바위 위에 앉아

등 푸른 파도를 후려치시던 어머니,

뼛속 깊이 울음 우는 파장(波長)으로

내 몸의 물길 터주시던 어머니

급물살을 타시는데

메마른 등의 투명한 물살 따라

어린 멜처럼 출렁이는 내게

어머니는 바다만 남기시고

어디로 어디로 자맥질하시려는가

—「어머니는 내게 바다를 보여주셨다」 전문

바다와 떨어질 수 없는 풍경을 기억 속에 새기는 건 자기만의 바닷가를 소유하는 일일 것이다. 어머니의 임종 앞에서 소금막 바다가 떠오른 것은 무엇 때문이었을까, 시 속의 한 표현대로 서럽게 우는 어머니를 껴안고 함께 울 수 있는 어머니의 바다였기 때문일까, 나는 오늘도 어머니가 보여주셨던 바다를 건넌다. 어머니가 지니셨던 그리움, 어머니가 느끼셨던 외로움으로 인생이라는 고해를 헤쳐나간다. 바다를 배경으로 태어난 사람의 운명이자 특권처럼.

죽은 돌

현무암은 화산이 분출할 때 생긴 화산암이다. 제주도 어디에서나 흔히 볼 수 있는 돌이지만, 현무암을 죽은 돌이라 가르쳐준 건 나를 태우고 신창리 해안도로를 달리던 기사분이셨다. 해안에 분포된 현무암의 행렬에 새삼 감탄하는 나에게

"다 죽은 돌이우다" 일갈하시더니,

"불에 그슬렁 죽은 돌 마씸"

현무암으로 덮인 바닷가(한경면 신창리)

한 번 더 강조하시는 거였다. 돌에게 삶과 죽음의 의미를 부여하는 말이 화살처럼 가슴에 와 박혔다. 돌은 살아있는 생명체가 아니다. 광물에 불과한 사물일 뿐이지만 '죽은 돌'이라고 이름 붙여진 순간, 전생을 지닌 생명체가 된 셈이다.

25시의 작가 게오르규는 제주 돌담을 세계적인 명물로 예찬한 바 있다. 2만2000여km에 달하는 흑룡만리 돌담 밭이 국가 중요 농업유산 제2호로 지정됐다고 하니 제주의 돌들은 죽어서 더 찬란한 위용을 자랑하는 건 아닌지 모르겠다. 어쩌면, 죽음 이후의 삶을 사는 것인지도 모른다.

두모연대(頭毛煙臺)(한경면 두모리)

그런 의미에서 보면, 제주의 돌들은 죽은 돌이 아니
다, 삶과 죽음의 의미를 동시에 지닌 돌이다. 축담, 올레
담, 밭담, 환해장성, 산담, 등의 제주 돌들은 사람을 대신
하여 목숨을 안위해주는 파수꾼들이다. 죽은 돌을 향한
산자들의 방식이 하나의 예법처럼 묵묵히 시간을 지키고
있는 것이다.

사람 모양의 돌들(한림읍 협재리 한림공원)

돌아오는 길에 해안도로 한쪽에 있는 산담을 보았다. '산담'은 무덤 주위를 둘러쌓은 돌담으로, 망자의 울타리인 셈이다. 곧 명절이다. 산담 앞에 가족과 친척이 모여 조상에게 예를 올리거나 돌아가신 분들을 추모할 것이다. 지나온 시간도 함께 진설(陳設) 될지 모른다.

피아제(J. Piaget)에 따르면 '4~6세경의 아이들은 모든 사물은 살아있다고 생각한다'고 한다. 다섯 살배기 손자도 저녁마다 늑대가 나타났다고 손나팔을 분다. 아이의 입을 통해 어둠은 살아있는 동물이 된다. 물질세계에 있는 구체적이며 개별적인 존재에 대해 생명을 불어넣는 시심(詩心)과 동심(童心)은 그래서 한 뿌리인 걸까? 집에 돌아와 죽은 돌을 묵상해본다.

제주에서는 죽은 돌이 산 사람을 지킨다 진펄 같은 검은 몸체는 한 덩어리 죽음에 불과하지만

화산이 베껴놓은 크고 작은 화첩이어서 생이 날개에 뱀 모가지를 얹혀 전설을 부풀리거나 제주꼬마팔랑나비가 넘나드는 유곽이 되기도 한다

가까이서 보면 한 번도 소리 내어 울어본 적 없는 가슴팍,

올망졸망한 자식들을 떠나보내는 갯가의 돌덩이들은 늘 젖어 반지르르하다

먼바다에 바람이 일 때면 칭얼대는 파도를 끝없이 안아주는 황홀한 그늘,

뜨거운 불길에 눈도 코도 입도 녹아내린 몸뚱어리는 아랫뜨르 과수댁을 품은 돌하르방으로 서 있다

무너질 때 산목숨보다 더 크게 소리 내는 돌 더미는 죽은 돌이 아니다

태풍이 불 때마다 복숭아뼈까지 주저앉히는 유장하고 뜨거운 아버지, 돌무덤 앞에서 나는 매번 발이 고꾸라져 어깨를 들썩이는 것인데

돌에서 왔다가 돌로 되돌아간 죽은 뼈들이 만 팔천 名의 神을 불러오는 것인지 제삿날에는 산 사람이 죽은 돌을 지킨다

― 「죽은 돌」 전문

실패든 성공이든 주어진 길에 최선을 다하여 걸어가자고 마음 다잡던 날들, 아버지의 안온한 품이 있었기에 가능했던 것 같다. 당신이 간암을 앓고 계셨을 때도 객지

월령리 바닷가의 돌탑

에 나가 있는 자식이 걱정할까 봐 내색도 하지 않으셨던
아버지, 넉넉하신 품이 그리워진다. 아버지처럼 바람과
불과 물과 길을 걸어온 현무암은 죽어도 죽지 않는 돌, 자
랑스런 제주의 돌이다.

2부

청견

실수란 대개 자신의 고정관념에 빠져 성급하게 일을 치르거나 과도한 의욕이 앞서갈 때 일어난다. 본의가 아니라는 사실 때문에 우리는 대개 상대의 실수에 관대함을 가진다. 그만큼 실수는 쉽게 간과되고 중요한 의미도 강조되지 않는다. 실수를 거듭하다 보면 자가당착에 빠진

외출 나온 노루(신례리 목장 길)

노란 기쁨

것처럼 두 가지 양상이 나타난다. 실수할까 봐 끊임없이 걱정하거나, 실수할까 봐 아무 일도 하지 않는 것이다. 이럴 때 실수는 마음을 찌르는 흉기가 된다. 자신감에 구멍을 내고 의욕을 구멍 내는 고약한 송곳이다. 송곳에 찔린 상처가 아프듯, 실수가 낳은 상처도 아프기 마련이다. 치료하지 않으면 환부가 번져 자괴감과 무력감을 낳기도 한다. 그러나 "현명한 사람은 그 실수를 통해 미래를 대비하는 지혜를 배우게 된다" '플루타르코스'의 이야기다.

작년 이맘때, 귤나무 가지치기를 했다. 마당 겸 텃밭에 있는 10그루 남짓 귤나무이지만 잘 가꾸리라 마음먹었던 터였다. 북풍이 심했지만, 가위질을 하기 시작했다. 어린 가지를 쳐내야 큰 가지가 잘 자라는 줄 알고 있는 나는 평소처럼 어린 가지에 사정없이 가위를 들이댔다. 덥수룩한 머리칼 같은 잔가지들을 쳐내자 헐거워진 공간이 이발을 끝낸 뒷덜미처럼 시원하고 산뜻했다. 잔가지와 잎사귀가 발아래 수북이 쌓여갈 무렵 지나가시던 동네 할머니가 한마디 하셨다.

"어떵허잰 경 햄시니"(어떻게 그렇게 하니)

"무사마씸?"(왜요?)

"경 쫄라불민 귤이 열리느냐?"(그렇게 잘라버리면 귤이 열리니?)

귤을 따야 맛을 보지요

가을에 돋은 새순이 다음 해에 열매 맺는 것을 까맣게 모른 나는, 열매 맺지 못할 가지만 남기고 열매 맺을 가지는 죄다 자르는 범실을 범했던 것이다. 농사에 대한 무지함의 소치였지만, 내 눈이 탁함을 탓하지 않을 수 없었다. 패착의 경험을 어찌 글로써 깨우치랴, 세상의 이치를 알지 못한 눈의 실책을 회복하는 길은 열매가 맺히기를 기다리는 수밖에 없었다.

그러던 차에, 농사짓는 친구에게서 청견이라는 귤을 선물 받았다. 청견이라니, 이름만 들어도 눈이 맑아지는 것 같았다. 무슨 뜻일까? 맑게 본다? 탐욕 없이 본다? 사념 없이 본다? 어떤 뜻으로 읽어도 군자와도 같이 빛나는 이름을 지닌 귤이었다. 서울에 사는 아들에게 청견을 택배로 보냈던 그 날, 원고를 청탁한 잡지사에 한글 파일로 된 청견(淸見)을 보냈다.

바람이 북풍을 몰고 계절의 끝자락으로 사라진 어제는 귤나무 잔가지를 쳤다 어린 목숨만 골라 벤 망나니가 되었다 가을에 돋은 가지라야 꽃을 피운다는 걸, 꽃피지 못할 목숨만 남긴 허실을 접하고 나서 베이비박스에 어린 것들을 내다 버린 미증유의 봄이 밥때를 놓아버렸다

눈 내린 과수원

　어느 눈(目)의 굴욕일까. 굴도 사람도 되지 못한 패착을 찾느라 오늘은 한 권의 책도 읽지 않았다 건피증 앓는 살갗에 손을 얹고 오렌지와 교배한 귤나무만 착실히 읽었다 몇 번의 계절을 넘기다 보면 슬픔도 맑아져 윤기 나는 이마를 남긴다고, 귤나무는 이마에 새겨진 푸른빛을 모조리 지웠더구나 그 빈자리를 헤아리는 눈이 상등품과 하등품을 고른다는데 까마귀처럼 흐린 내 눈은 낯짝이 두터운 오렌지와 말랑말랑한 귤이 서로의 본색에 폐를 끼치지 않는 것을 보며 이(利)와 해(害)가 서로를 돕는 일이 무공해라는 걸 배우는 중이다

　청견 한 박스 보내니 가렵다고 너무 긁지 마라. 저토록 노랗게 익기까지 얼마나 많은 푸른색을 버렸겠니. 상처가 꽃이 되

고 부스럼딱지가 열매로 자라는 일이 쉬운 일일까 마는 虛와
失마저 푸르게 보는 이 봄에는 딱지 떨어진 귤나무에도 죽은
내 안목에도 새 살이 돋지 않겠니

– 「청견(淸見)」 전문

성인이 되어서도 피멍이 들도록 가렴증이 돋는 아들,
살비듬이 떨어지고 부스럼딱지가 돋아날 때마다 얼마나
가슴 아픈지, 자라는 동안 제대로 돌보지 못한 어미의 실

휴애리 돌하르방

책은 아닌지, 치유되지 않는 아토피와 싸우면서도 늘 괜찮다고 말해주는 아들에게 자신의 아픔도 엄마의 아픔까지도 맑게 보아주어서 고맙다는 말을 전하고 싶었다.

다행히 귤나무마다 주렁주렁 열매가 매달렸다. 해거리 풍년을 맞은 귤나무 덕택에 내 눈의 실책을 조금 회복한 셈이지만, 어린 목숨을 함부로 대하는 실수는 하지 않을 것 같다.

"인간은 걷기 위해 넘어지는 법을 알아야 한다." 또한, 넘어져 본 사람만이 걸을 줄 안다는 '마르크스'의 말은 커다란 위안이 된다. 사람은 누구나 실수를 한다. 크든, 적든, 남에게 폐를 끼치기도 하고 자신을 힘들게 하기도 한다. 하지만 실수란 꼭 필요한 경험일지 모른다. 실수는 경험을 낳고 그 경험을 통해 더욱 현명한 판단을 가질 수 있게 되기 때문이다.

제주 한란

　어린 날, 햇살 부신 마루에 앉아 있으면 화분대 위, 보일 듯 말듯 핀 이상한 꽃에서 향기가 흘러나오곤 했다. 아버지가 기르시던 그 꽃들은 어린 눈에 그다지 예뻐 보이지는 않았다.

　그 꽃이 제주 한란이란 것을 안 것은 서울의 어느 꽃
집에서였다. 고졸한 멋을
좋아하는 나이가 되었기
때문일까, 허공을 베어내
는 이파리며 여인의 귀밑
머리 같은 꽃망울이 새삼
고고했다.

제주 한란

활짝 핀 동백꽃

제주 한란은 우리나라 식물 種에 있어서, 종 자체로 지정되었을 뿐 아니라, 천연기념물 제191호로 지정까지 받았다고 하니 그 기개가 실로 드높다.

흔히 꽃을 여성의 비유 대상으로 삼는다. 꽃이 지닌 빛깔이나 향기가 여성을 이미지화하는데 다른 어떤 말보다 잘 들어맞는 까닭이다. 장미꽃처럼 화려하다든가, 난초처럼 청초하다든가, 할미꽃이나 호박꽃의 비유는 더 이상의 설명이 필요 없을 정도다. 제주 여성을 어떤 꽃에 비유하면 좋을까, 생각해본다. 초봄, 제주를 환하게 물들이

는 유채꽃이나 추운 겨울 눈부시게 피어나는 동백꽃도 그
럴듯해 보이지만, 제주 여성을 비유하는데, 제주 한란만
한 꽃이 있을까 싶다. 숨비소리처럼 아스라이 퍼져가는
향기는 '만덕'과 '자청비' 같은 제주 여성의 품성을 느끼게
하고, 한란이 지닌 고졸한 모습은 강인한 생활력을 지닌
제주 여인의 검소한 삶을 유감없이 보여주기 때문이다.
이러한 제주 여성의 생활력은 특히 '해녀'라는 직업군을

해녀상(한경면 신창리 해안도로)

통해 면면히 드러난다.

젖먹이와 함께 물질을 하러 가는 해녀의 모습을 종종 본 적 있다. 구덕에 아기와 잠수할 용품까지 함께 넣고 가는 그녀들을 보며 제주 여인들의 모성애가 생활력만큼 강하다는 것을 느낀다. 예전에 방영되었던 '이산가족 찾기' TV 프로그램에서도 제주를 고향으로 한 이산가족은 거의 없었다. 제주 여성은 척박하기 짝이 없는 환경과 지난(至難)한 역사의 애환 속에서도 가족을 위해 온몸을 던져 왔던 미담의 주인공들이다. 결혼하지 않는 제주 여성을 '비바리'라 칭하는데, 제주 여성의 핏줄 속에 들어있는 유전인자가 활짝 꽃 피기를 바라는 마음으로, 제주 한란을 노래해본다. 제주 여성의 만개한 품성을 노래하고 싶은 건지도 모르겠다

비바리는 제주에서 자생한 꽃이다
제주의 흙 속에 묻힌 진짜 뿌리가 아니면
잎과 줄기를 쉬이 허락하지 않는 꽃이다
진짜를 흉내 내는 가짜 뿌리는 어느 곳에나 있고
아마존 유역에는 몇 개씩 달고 다니는 부족도 있다지만
가짜가 피우는 것은 태어난 곳을 잃어버린 헛꽃이다
비바리는 바다를 길들이는 고래를 꿈꾼다

외로울수록 차고 높은 호흡을 내 뿜는다

이어도를 바라보는 꽃은 그렇게 살촉을 매단다

도시마다 그녀를 복제하는 꽃집이 있다지만

손돌이추위 속에서도 거친 숨소리를 내뿜는 선돌 앞이나

고래 심줄 같은 물줄기가 등을 껴안는

돈내코 부근에 가면 암노루처럼 보짱한 그녀들을 볼 수 있다

나도, 폭포(휴애리 정원)

사철 푸른 나무들이 꼿꼿이 서 있는 해발 900미터
눈 속을 달리는 두 다리가 섬 밖으로 치우치지 않는 그곳이
그녀들의 북방 한계선이다

-「제주 한란」 전문

돈내코를 찾아간다. 어린 한란들이 서식한다는 숲길을 거닐어 본다. 아둔한 눈길에 보일 리가 없지만, 시린 물소리가 숨을 죽인 고요 속에서 눈을 감고 바람을 흠향한다. 삶의 어떤 추위에도 굴하지 않는 제주 여인의 맑고 청정한 기운이 느껴진다. 겨울임에도 상록활엽수들이 울창하게 우거져 있어 쓸쓸하지 않다. 계곡 너머로 보이는 하늘이 꼭 그만큼 깊어진다.

무공적(無孔笛)의 봄

신이 만들어낸 색깔 중에 가장 아름다운 색깔만 골라 입는 계절이 봄이다. 개나리, 산수유 등, 봄을 밝히는 색깔로는 노란색이 단연 으뜸이다. 제주의 봄을 대표하는 유채꽃은 노란색으로 관광객의 눈을 사로잡은 지 이미 오

길가에서 만난 유채꽃

래다. 노란색은 자신감을 주고 낙천적인 태도를 갖게 한다. 운동신경을 활성화하고 에너지를 생성케 한다고 하니, 봄의 이미지와 가장 어울리는 색이다. 광이 오름 여기저기 피어난 복수초와 신명 나게 걸어가는 아이들을 보며 무공적(無孔笛)을 생각한 것도 노란색이 주는 산뜻한 색감 탓인지 모른다.

제주시 한라생태숲에 봄의 전령사인 복수초가 눈 속에서도 노란 꽃을 피웠다. 혹한과 폭설로 점철된 올겨울이 여느 해보다 길게 느껴졌던 터라 개화 소식이 여간 반갑지가 않다. 해마다 오는 봄이고, 기다리지 않아도 오는 봄이지만, 얼음을 녹일 듯 위풍당당하게 피어난 샛노란 꽃망울을 보니, 봄은 인간의 지혜가 만든 달력에서 오는 것이 아니라, 자연의 섭리 속에서 먼저 찾아드는 것임을 실감하게 된다.

복수초는 입춘을 전후로 피어난다. 입춘은 봄으로 접어드는 절기로 24절기 중 새해의 시작을 상징한다. 이때가 되면 얼어붙은 땅이 녹으면서 사람만이 아니라 식물과 동물, 곤충들까지 새로이 맞은 한 해를 구상하고 준비한다. 음력 정월에 해당하는 계절감은 여전히 춥지만, 얼어붙은 대지를 뚫고 나오는 복수초는 복(福)과 장수(壽)를 기

복수초(한라산 생태숲)

원하는 꽃으로 여겨진다. 꽃말이 지닌 뜻이 영원한 행복이라 하니, 봄을 부르는 꽃으로 손색이 없을 듯하다. 봄은 이렇게 봄의 기미를 가장 먼저 알아챈 복수초로부터 시작된다.

고려시대 걸출한 선사(禪師)인 나옹화상의 '토굴가'에 보면, "교교(皎皎)한 야월(夜月) 하에 원각산정(圓覺山頂) 선듯 올라/ 무공적(無孔笛)을 빗겨 불고 몰현금(沒絃琴)을 높이 타니/ 무위자성진실락(無爲自性眞實樂)이 이 중에 갖췄더라"라는 글귀가 있다. 무공적(無孔笛)은 여기에서 유래된 말로써 구멍 없는 피리를 말함인데 깨달음의 경지를 이르는 말이다.

타다 남은 돌, 송이, 불의 힘이 색깔로 남아 있다.

　　구멍 없는 피리는 불 수 없지만 얼어붙은 땅에 피어
나는 복수초와 인생의 쓴맛 단맛을 모르는 어린아이들의
모습은 불가능의 가능성에 도전하는 모습을 지닌다. 봄을
부르는 입과 몸이 한 구멍의 이미지를 지닌다. 즉, 구멍이
뚫리지 않는 피리인 것이다.

　　　입춘 날 아침 광이 오름 오른다
　　　양지바른 기슭에는 잔설 뚫고 피어난
　　　얼음새꽃 봉오리들
　　　솜털 보송보송한 꽃병아리다
　　　그 너머 새봄 유치원 원생들
　　　노란 모자 쓴 꽃병아리다

얼음새꽃도 아이들도 멀리서 보면

걸어가는 단소(短簫)

바람 소리 새소리 몰고 가는

볼이 부풀 때마다

소리 내고 싶은 대로 소리 내는 입과 몸이

한 구멍이다

온몸 넘나드는 피리 가락

속음(俗音)에 젖은 귀 맑게 씻기며

바다로 뛰어든다.

흰 오선지에 푸른 음계 그리듯

파랑주의보 내린 물굽이마다

동동 떠내려간다

겨울 속. 웅크려 있는 나를 데리고

제주 바다 건너는

봄이란 말은

입술 근처까지 해를 불러낸다는 말

숭숭 구멍 난 내 마음속

낡은 피리를 꺼내 든다

터지고 갈라진 구멍마다 햇살 드나든다

얼음새 된 꽃병아리야

맨도롱 또똣헐 때 재기재기 건너가라,

얼어붙은 입이 풀리는

오늘부터 봄이다

                              -「무공적(無孔笛)의 봄」 전문

삼라만상의 모든 것은 제각각의 소리와 형상을 품는다. 그 소리와 형상이 인간에게 지혜를 가르치고 그 속에서 인간은 깨달음을 얻었다. 좌절과 실패 속에서도 일어설 수 있는 건 만물을 서로 소통시키는 봄이 있기 때문이다. 겨우내 웅크려 있던 마음을 열어 무공적(無孔笛)의 피리를 불어보자. 얼어붙은 입술을 녹여 희망을 불러내 보자. 얼음 뚫고 피어난 복수초처럼 봄은 이미, 우리 마음속에 와 있는지 모른다.

해녀들이 어획한 어물들을 임시 보관하는 곳(한경면 판포리)

생각하는 정원

　'나는 생각한다. 고로 존재한다.'는 프랑스의 철학자
이며 수학자, 물리학자인 '데카르트'가 남긴 명언이다. 회
의론자인 그는 진리에 대해 이것인지 저것인지, 끝없이
의심하는 자신을 발견하고, 의심하는 것 자체가 생각이며
의심하는 생각을 하고 있다는 사실도 생각이라는 결론에
도달한다. 이러한 방법적 회의를 통해 생각하는 속성을

수령 150년 된 주목(분재예술원, 한경면 저지리)

담고 있는 나라는 주체가 존재한다는 것을 깨닫는다. 이 명제는 인식의 질서에서 근대의 철학적 주체를 확립하는 기본적인 원리가 되었다.

인간이 생각하는 동물이라는 것은 이제 자명한 사실이다. 동물과 곤충들도 생각하고 궁리한다는 것이 최근의 여러 연구를 통해 드러나고는 있지만, 인간의 사고와 동물의 사고는 기능 면에서 여러모로 차이가 있다. 동물의 사고는 인간의 복잡다단한 사고와 달리 식욕, 성욕과 같은 본능을 충족시키는 선에서 활발하다. 감정과 정서가 결부된 사고의 기능은 인간의 전유물이라고 해도 과언이 아닐 듯하다.

모처럼 날이 좋아 한경면 저지리에 있는 분재예술원 '생각하는 정원'에 다녀왔다. 15년 만에 다시 찾은 장소다. 지금은 제주를 넘어 한국을 대표하는 브랜드가 되었지만, 당시 지인이 "한경면 중산간에 가 보민 이상헌 사람 있져, 그 사람이 만든 건디 한번 강 보라" 라는 말에 분재예술원이라는 이름보다 그 이상한 사람을 보러 갔던 기억이 더 강하다.

분재에 문외한인 당시, 철삿줄에 매여 있는 분재의

모과나무(분재예술원, 한경면 저지리)

형상에 꽤 충격을 받았던 것 같다. 분재에 대한 생각이 얼마나 무지했는지 겉모습만 읽은 사고의 기능 탓이다. 세상엔 풀지 못할 문제란 없다. '생각은 반드시 답을 찾는다'라는 구절을 어느 글에선가 읽었던 적이 있다. 〈생각하는 정원〉은 이름 그대로 답을 들려주는 장소가 되어 있었다. 세월이 흐른 만큼 생각이 성숙해진 탓이다. 분재들은 묵언 정진 중인 고승처럼 동안거에 들어있었지만, 나무만큼 정직한 스승이 없다는 해답의 깊이는 더욱 옹골차게 정돈되어 보였다.

한 그루 나무도 두 그루 그늘도 생각에 잠겨 있네
손가락을 꾈 턱은 없지만
바이칼 호수도 태산도 생각 속에 들어 묵상 중이네
하나같이 가부좌 튼 부처들이네

누군가의 생각을 함부로 만지거나 평가하지 말라고,
팻말 부처는 중지를 펴 생각의 방향을 가리키네
절삿줄에 묶여 있는 주목부처는
살아 천년, 죽어 천년, 생각의 모양을 지키고 있네
굽히지 않는 생각 쪽으로 초록이 무성하네

초록이 생각의 정원이어서
생각하는 정원의 나무들에게 시든 생각이 없네
초록이 생각의 빛깔이어서
생각하는 정원의 사람들은 초록빛으로 물드네

몸 안으로 흘러든 시간이 어떻게 지렛대가 되는지
아름다운 수형을 지닌 생의 절정은
뺨을 맞거나 어깨 짓밟힌 시간 속에서 걸어 나왔네
싱싱하게 뻗은 결의는 구부러진 시간 속에서 걸어 나갔네

세상을 한 손으로 괸 반가사유상도
제 몸의 직선을 구부린 후에야 미소를 띄었네
여기까지 온 마음이 생각하는 정원이네
여기까지 온몸이 한 그루 분재네

―「생각하는 정원」 전문

독일 철학자 '칼 야스퍼'가, 이만큼 인간 실존의 평화
스러운 모습을 본 적이 없다고 극찬한 반가사유상처럼,
생각하는 정원을 만든 이나 생각하는 정원에 들어선 이들
도 그들의 상상대로 생각의 형태를 견지한다. 살아 천년
죽어 천년, 의연한 자태를 뽐내는 주목도 그 주목을 바라
보는 이들도 한 그루 분재가 되어 풍경을 완성한다. "나는
생각한다. 고로 나는 존재한다."고,

다른 방향에서 접사한 주목

판포

　10월이 지나면서 시베리아에서 태동한 계절풍이 밀려들기 시작한다. 숨죽인 갈매기 떼가 종일토록 바람의 꼬리만 따라가는 그런 날, 마을과 포구는 '들로크로와'의 화풍처럼 음산해진다. 거칠고 힘찬 터치로 역동적인 화풍을 보여주는 '들로크로와'의 붓처럼 바람은 종일 음울하게 마을을 채색한다. 허공의 현악기처럼 전선줄이 울고, 바

혼자 남은 철새(판포 바닷가)

람에 밀린 나룻배처럼 사람의 등이 길 위를 둥둥 떠간다. 판포리의 풍경은 이처럼 예사롭지 않은 바람과 함께 늦가을을 시작한다. 낮게 웅크린 돌집 안에서 심금(心琴)을 건드리는 바람 소리를 듣던 그 가을의 저녁, 귀양살이처럼 쓸쓸한 소회에 잠겼던 그때의 풍경을 접사(接寫)해본다.

판포리는 귀향(歸鄉)하면서 처음 둥지를 틀었던 곳이다. 엄밀히 말하면, 판포리 중에서도 엄수개(포구)가 있는 바닷가 동네, 판포 포구가 있는 신명동이다. 『판포리지』에 따르면 지금으로부터 200여 년 전 한경면 저지 지경에 살던 변엄수라는 사람이 식수난을 해결하기 위해 이곳 해안가 용천수를 길러 왔다가, 그만 물허벅을 깨뜨리는 바람에 아예 웃드르에선 못 살겠다고 눌러앉게 된 게 설촌의 시초라고 전해진다. 용천수가 솟아 나오는 엄수개가 자랑스럽게 마을을 감싸고 있다.

나지막한 돌담과 올망졸망 섞여 있는 올레길, 정체성을 잃어버린 제주의 풍경과는 확연히 다른 감동이 그곳에 있었다. 바다 안개가 밀려오는 새벽녘과 해거름에 불타는 바다, 돌담에 스며드는 빗소리, 윗마을로 가면 상동, 중동 마을이 있다. 울창한 대나무 숲 사이 무너진 기와집, 숨은 보물을 찾듯 비어있는 빈집의 시간들을 상상해보곤 했다.

남동쪽 머루왓과 오름 동쪽을 돌아 한이왓 부근 들판을 가로질러 옆 마을로 가다가 소나무 숲 사이로 사라진 길을 못 찾아 헤매는 일도 다반사였지만, 저 홀로 익은 산딸기를 배부르게 따 먹었던 기억들, 그렇게 판포의 풍경과 사랑에 빠지기 시작했다.

사랑에 빠진 사람은 내면에서 황홀한 평화와 일체감을 느낀다고 했던가. 널개 오름을 가운데 두고 바다와 오름, 들판과 동산들이 오묘한 조화를 이룬 마을 풍경만큼이

돌담(판포 신명동)

나 그곳에 살았던 2년의 기간 동안 나는 내 안의 나와 완벽한 조화를 이루게 되었다. 제주의 모습을 고스란히 간직한 그 풍경들이 영혼을 살찌웠다.

사실, 판포는 제주에서 자라는 동안 한 번도 가본 적 없는 고장이다. 제주도 밖에서 보면, 제주도 전제가 고향과 다름없다. 외국에 나가면 너나없이 애국자가 된다고 하는데 그와 비슷한 감정이라 하겠다. 제주도 어느 곳에 살아도 고향과 다름없다는 생각에 판포에 짐을 풀었다. 관광지로 변해버린 낯선 고향보다 고향의 모습을 고스란히 간직하고 있는 낯선 동네가 오히려 친근하게 느껴졌기 때문인지 모른다.

판포는 제주도에서도 노을이 가장 아름답다는 해거름 마을이다. 판포의 일몰은 비경 중의 비경으로 아름답다 못해 처절하기까지 하다. 또 하나의 정점은 바람이다. 포구 기슭까지 하얗게 일어서는 파도는 바람의 포효 때문이다. 상동 지역이 이물이고 까마귀 동산을 고물 삼아 미밋에 뱃대를 꽂았다는 이야기에서 보듯, 포구는 배의 모습을 한 채, 막 바다로 떠나갈 듯 출렁거린다. 그러한 마을에 터를 잡았으니 마음이 흥감하여 시를 쓰지 않을 수 없었다.

판포 바닷가에 지는 노을

한낮인데도 뱀 눈깔이 돋았다. 작대기를 든 손목에는 들고양이가 울었다 갈매기가 물똥을 갈기고 가는 집에는 폐허가 담쟁이를 키웠다

진위를 알 수 없는 이웃이 있었다 하나 늦게 차린 밥상이 식어갔다 등 뒤에는 바람과 햇살보다 더 빨리 싹을 틔우는 고요가 있었다

일주도로를 달려온 유채꽃 무더기가 700번 버스에 올라타곤 했다 이국에서 밀려온 수평선이 버스를 따라 달렸다

저녁마다 수평선이 객혈을 했다 헤어진 애인에게 보내는 연서처럼 한 발짝 먼저 도착한 별빛이 눈시울을 붉혔다

집채만 한 고요가 파도 소리를 내려놓으면 사내들이 어둠을 뒤집었다 칸델라 불빛이 흔들릴 때마다 미늘에 걸린 고요가 반짝였다

오름의 허리께에서 보면 흰 갈기 날리는 서쪽 포구가 바람코지였지만 사람들은 누구나 바람의 옷을 입고 파도를 건넜다

바람이 벗어 놓은 마당은 표백제처럼 희었다 쑥부쟁이가 고개 드는 마당 구석에선 검은 잠수복이 물때를 기다리며 늙어갔다

별빛이 샘물을 들이붓는 새벽녘에는 해류를 타고 온 오대양
이 드무에 든 것처럼 고즈넉했다 어느 쪽으로 고개 돌려도 긴
문상이 뒤따라 왔다

－「판포」전문

판포에 산다는 것은 바람의 옷을 입고 파도를 건너는
일, 그 기백이 진정한 아름다움이기에 내 기억의 선착장
에 그리운 판포가 있다. 어느 쪽으로 고개 돌려도 긴 문장
이 따라오는 추억의 한 페이지가 있다.

담쟁이가 주인인 집

바다를 낚는 두 사람

소통의 방향

　　오름에서 태어나 오름으로 돌아간다고 할 만큼 제주
에는 오름이 많다. 360여 개에 이른다고 하니 제주 사람
들에게 오름은 옷과 단추의 관계처럼 친숙하기만 하다.
마을을 잉태하고 목축업의 근거지가 되고 신화를 창조하
고 항쟁의 거점이 되기도 하는 오름이고 보면, 제주 사람
들은 오름과 더불어 살아왔고 살아간다고 해도 무리가 아
닐 터이다.

이승악 오름 안내 표지판(남원읍 신례리)

시간이 날 때마다 자주 찾는 오름이 있다. 신례리 공동목장 위에 위치한 이승악이다. 높이 114m의 아담한 높이어서 튼튼한 운동화 하나면 충분할뿐더러 무성한 숲길이 뜨거운 햇볕을 막아주기 때문에 이웃집에 나들이라도 하는 양, 가볍게 찾을 수 있는 곳이다. 이승악(狸升岳), 이생악(狸生岳)으로도 불리는데 오름의 우리 말 이름은 이승이 오름 또는 이슥이 오름이다. 어원은 분명치 않으나 산 모양이 삵(살쾡이)처럼 생겼다는 설과 살쾡이가 서식한다는 데서 붙여진 이름이라고 전해진다.

이승악은 나무가 별로 없는 다른 오름과 달리 태고(太古)적 신비마저 감도는 울창한 숲을 품고 있다. 삼나무 숲길이며, 고적한 물 바닥을 지닌 해그므니소, 한라산이 내뿜었던 입김을 상상케 하는 화산탄과 화산석, 죽은 돌을 끌어안은 뿌리와 그 뿌리가 밀어 올린 나무들, 삼나무, 팽나무, 새덕이, 죽나무, 생달나무, 참식나무, 꽝꽝나무, 산딸나무, 산뽕나무, 굴거리나무, 사스레피나무, 개서어나무, 개섬벚나무, 윤노리나무 등 이름도 다양한 나무들이 빽빽하게 들어차 있는 오름이다. 숯 가마터와 일본 갱도 진지 같은 역사의 얼굴까지 보여준다.

망자들의 아파트 같은 마을 공동묘지를 지난다. 서성로를 건너 오름으로 가는 공동목장 길은 하나 더하기 하나, 보너스 풍경이다. 푸른 초원 위로 뛰어노는 소 떼들, 그림 같은 방풍림 위로 몇 점의 흰 구름이 떠가는 길을 걷는다. 천국에 이른 듯 마음에 평화가 찾아오고 빌판 너머 어머니 같은 한라산과 자식 같은 자그마한 오름이 모습을 보이기 시작한다. 몸과 마음에는 벌써 상쾌한 기운이 솟구친다. 이러한 오름이 가까이 있다는 건 신례리 마을을 거점으로 삼은 나에게 최상의 선물이라 아니 할 수 없다.

"이승악에 가 보쿠광" "이승악? 그래, 가보자"

수줍게 소개하는 마을 후배에게 이름을 처음 들었을 때, 얼른 대답한 것은 '이승'이라는 아름에 마음이 끌렸기 때문이다. 오름의 등성이에 낙엽수와 상록수로 울창한 까

봄볕을 만끽하는 세 마리 소(신례리 공동목장 안)

닭에 그 생김새가 살쾡이 형상인지 확인하기는 어려웠지만 살쾡이의 모습과는 다른 이승과 저승이라는 몽롱한 장막을 걷고 만물이 소통하는 세계, 아름다운 이승을 만나고 싶은 까닭인지 모른다. 그러한 염원이 이루어진 것일까, 호젓한 산행길에서 만난 뱀과 말을 주고받았으니 말이다.

오솔길 여기저기 널려있는 나뭇가지들
죽은 뱀 같다
죽음 같은 건 무섭지 않아, 바스락바스락
이승을 밟고 가는데
발아래 나뭇가지가 물컹거린다
돌아보니 새끼 뱀 한 마리,
제 몸을 연필 삼아 육두문자 쓰고 있다
난독증 앓는 아이처럼 몸통은 버리고
대가리와 꼬리만 골라 읽는다
ㄹ ㄹ ㄹ는 꼬리야 나 살려라, 라는 말
ㅅ ㅅ ㅅ는 가까이 오면 독을 뿜겠다는 소리
의역컨대,
너도 소름이 돋았단 말이지?
머리에서 발끝까지 소름을 공유했으니
너와 나는 무슨 사이니, 묻는 연인처럼
관계의 간격을 따지기 전에 통(通)했으니

너는 네 갈 길을 가거라,

나도 내 갈 길을 가겠다

이승의 끝이 보이지 않는

이승악에서

목숨을 주고받는 소통(疏通)을

배웠다

-「소통의 방향」 전문

소통은 뜻이 서로 잘 통해서 오해가 없는 것을 말한다. 또, 어떤 것이 막히지 않고 잘 통하는 것을 뜻한다. 우리가 처한 곳곳에서 소통이 잘 되기 위해서는 말과 행동이라는 양식이 한 방향을 바라보아야 한다. 소통은 바라보는 방향에 따라 일치하거나 분리되는 특성을 보인다. 반딧불이는 한 방향을 바라본다. 소통이 되기 때문이다. 생각과 마음, 감정이 행복하게 통하는 소통이야말로 성공적인 관계를 이끌어내는 지름길이라 아니 할 수 없다. 뱀과 나는 죽음이라는 한 방향을 바라보았기 때문에 소통할 수 있었고 자유로워졌다.

구렁이 형상을 한 나무(이승악오름)

그녀가 바다고 바다가 그녀다

가치는 인간이 그 대상에 대해 호명을 할 때 빛을 발한다. 대상에 대한 피상적인 인식이 아니라 대상이 가지고 있는 의미가 극대화되기 때문이다. 대상 안에 들어있는 의미가 값어치를 가질 때 가치는 주관적인 판단을 뛰어넘는 객관적인 가치로 규정된다. 제주 해녀의 존재가 유네스코 인류 무형문화재로 등재된 것도 이와 무관치 않다.

서울 서초구 예술의 전당에서 '나는 해녀, 바당의 딸' 행사가 있었다. 추석을 맞으려고 상경해 있던 터라 스퀘어 타운 광장 한쪽에 전시되어있는 작품을 둘러보았다. 세계적인 다큐멘터리 사진작가 데이비드 앨런 하비와 스페인 일러스트 작가 에바 알머슨(미국과 유럽 등지에서 사진전을 열고 제주와 해녀를 열심히 알리고 있는 작가), 우리나라 작가 김형선의 작품들이었다.

'나는 해녀, 바당의 딸' 전시장에서, 서울 서초구 예술의 전당

김형선 작가의 작품 속에 등장하는 피사체는 우리가 제대로 보지 않았던 여전사들이다. 주름투성이 얼굴과 핏줄 선 눈망울은 고단해 보였지만 태왁과 망사리를 등에 짊어진 당당한 표정은 내가 해녀라고, 이 몸뚱이 하나로 바다를 낚아 올리고 새끼들을 키워왔노라고, 당당하게 말하고 있다. 고단함을 넘어선 강인한 힘과 굳센 의지를 일별하는 순간, 울컥, 하고 뜨거운 것이 목구멍 속에서 치밀어 올랐다. 무얼까, 이 뜨거운 감정은, 우리의 어머니며 이모며 고모였기 때문일까, 치밀어 오르는 울음이 제주의 핏줄임을 자각시키고 있었다. 외국 출신의 두 분 작품들

김형선 사진, 에바 알머슨(스페인) 그림

역시, 해녀를 풍경으로 삼은 작품들이다. 해녀에 대한 주관적인 판단이 만든 심미적 인식의 결과물로 느껴졌지만, 외국인들의 관심을 보여주는 일례라는 점에서 더욱 반가웠다.

　제주 여성은 밭에서 김을 매지 않으면 바다에서 물질을 해야 하는 운명에 순종해 왔다. 이러한 순명성은 제주 여인들이 '해녀'라는 특별하고 고유한 가치를 점유케 된 미덕일 것이다. 어부와 해녀를 관장하는 신당(神堂)이 고대로부터 전해 내려오며 문헌으로는 고려 때부터 기록이 남아 있다고 하니 역사적으로 뿌리 깊다. 특히 아무런 장치 없이 오로지 숨 하나에 의지해 물밑에서 작업해야 하는 해녀들의 기술(나잠어법)은 그 유례를 찾아보기 힘들 정도다.

　청상과부였던 고모도 앞집에 살던 할머니도 해녀였지만, 그녀들의 물질이 단순 노동에 불과한 삶의 형식이라고 생각했을 뿐, 그 삶에 어떤 고단한 바다가 들어있었는지, 진지하게 생각해 본 적은 없다. 고모가 건넌 것이 단순한 바다가 아닌 난바다였다는 것을 깨닫게 된 이즘에 이르러서, 세파를 이겨내는 방식이자 이상향인 이어도로 나아가기 위한 몸부림이었음을 숙연하게 깨닫는다.

건져 올린 여자의 등에서 미역 내음이 난다
나 마씸, 이름 어수다 그냥 잠녀우다,
숨비기꽃 같던 어린 시절 가갸거겨 대신
물결 헤아리는 법을 익혔다는 그녀
물살 헤치는 온몸이 너울이다
육지로 떠난 남편의 얼굴이 출렁거려
누구보다 오래 누구보다 깊이 잠수한다는 그녀
물때가 되면
망사리 가득 바다를 통째로 들여놓는다
세상은 어차피 난바다 아니우꽈,
물결을 미는 그녀의 숨비소리
정방폭포 아래 너럭바위 너머로 사라진다
이어도를 밀고 가는 오늘은
태왁을 물 밖으로 밀어 넣고 통 눈을 고쳐 쓴
바다가 그녀를 읽는다
바다의 주름이 자리 돔 비늘 같다

            －「그녀가 바다고 바다가 그녀다」 전문

    인생은 고해(苦海)라는 표현이 있다. 풍랑 이는 바다가 인생이라면, 거친 바다에서 삶을 일군 제주 해녀들, 그녀들이야말로 제주 바다와 다름없다. 고난과 시련이 닥쳐와도 묵묵히 젖을 물리고 품어주는 그녀들이야말로 제주해

협처럼 크고 너른 심연을 가진 제주 여인의 표상이라 할
것이다. 그 표표한 이미지가 세계인의 마음을 두루 사로
잡기를, 그 가치가 발현되기를 진심으로 기대해본다.

파도야 슬퍼 말아라(판포 바다)

돋아나는 서녘

집 앞 정류장에 나갔다가 봄을 만났다. 길을 가던 올레꾼이 이렇게 따뜻한 날은 무조건 걸어야 한다고, 말을 건넨다. 올레꾼 따라 몇 시간 걸어볼 생각이었는데 아부 오름 가자는 전화가 온다. 서울에서 내려온 모 시인의 전화다. 택시를 불러 타고 약속장소인 버스터미널로 향한다. 늘 가보고 싶었지만 혼자서 오름 가는 일이 쉽지 않은 터였다. 우연히 횡재한 기분이 든다. 오름과의 첫 만남,

앞 오름 가는 길(구좌읍 송당리)

설레는 마음으로 송당으로 가는 버스에 오른다.

"몇 시간 헤매어도 찾지 못한 사람도 있댕 햄수다. 이 길로 곧장 갑서"

지도를 들고 찾아가는 길, 기사분께서 안내 말과 함께 호젓한 시골길에 내려준다. 길가에 늘어선 삼나무들이 의젓하게 반긴다. 어서 오시라고, 밭둑 가에 몰려 서 있는 갈대들이 연신 손을 흔든다. 제동목장 표지가 보이고 안내판이 얼굴을 내민다.

아부오름은 앞 오름이 정확한 이름이다. 앞 오름이 아부오름이란 걸, 모르는 사람은 오름을 앞에 두고도 한참 찾는다고 한다. 아부는 앞의 변음으로 마을의 앞쪽에 있는 오름을 뜻한다. 아버지 오름에서 변한 명칭이라는 설도 있다. 아부는 아버지처럼 존경하는 사람을 뜻하는 제주 방언이다. 그래서인가, 멀리서 바라보는 아부오름은 산 모양이 둥글고 한가운데가 타원형 굼부리를 이룬 것이 마치 어른이 좌정한 모습 같다.

오름 입구에 들어서니 커다란 팽나무가 먼저 맞아준다. 서쪽 산책로를 따라 걷기 시작한다. 오름 둘레를 타고 노끈으로 만든 산책로가 폭신하다. 산책로 주변에는 소나 말이 함부로 들어오지 못하도록 철조망이 쳐 있다. 그럼에도 말발굽처럼 생긴 똥이 산책로 길에 널브러져 있다. 촉감과 감촉 사이에 놓인 길이라고 미소 짓는다.

　　전 사면이 완만한 경사를 이루고 있는 능선 안을 바라보니 크고 넓은 원형의 대형 분화구가 눈에 들어온다. 고대 로마의 원형 경기장을 연상시킨다. 화구 안에는 띠

앞 오름을 지키는 팽나무

를 두른 것처럼 삼나무들이 조림되어 있다. 분화구 주변에도 삼나무가 둥글게 심겨 있다.

    1901년 일어난 제주민란을 소재로 한 영화 〈이재수의 난〉(1999)을 촬영한 곳으로 삼나무 울타리는 그때 심어졌다 한다. 멀리 백약이오름, 좌보미오름, 한라산 풍경이 한눈에 들어온다. 이름 모를 크고 작은 오름이 눈앞에 펼쳐

영화 〈이재수의 난〉 촬영지

진다. 오름의 바다다! 한라산이 오름의 어미란 걸 말하지 않아도 알 듯하다. 새끼들을 품고 젖을 물리는 모습이 확연하다.

정토란 불교에서 말하는 이상향(理想鄕)이다. 이른바 극락세계이다. 동거토(同居土)라고도 하는데, 그곳에서는 부처와 중생이 동거한다는 뜻이다. 아부오름을 보는 순간 가까이는 소와 말이 자유롭게 목초를 먹는 모습이, 멀게는 크고 작은 오름이 평화롭게 놓여 있는 정경이, 부처와

앞 오름에서 보이는 한라산

중생이 어울려 사는 극락의 모습과 다르지 않다.

아부오름, 움푹 파인 굼부리가 아버지 무릎 같다 좌정한 무릎 아래 빙 둘러심은 杉나무들, 연하장에서 막 빠져나온 푸른 미간이다

아부지, 여기가 정토인가요?

뾰족한 잠이 돋아 있는 나무에서 물고기를 구하는 마음은 죽어서도 번득이는 붉은 돔 눈깔, 가본 적 없는 시간의 미늘이어서

잔물결 이는 생각 속으로 핏빛 물기 스미는 지상의 한 시간은 먼 거리, 한 시간 후에 닿아보지 않은 발자국이 벌써 촉촉하다

눈 아래 방목장에는 푸른 지붕을 가진 축사

달맞이꽃이 평생 걸어야 닿는 저곳에도 무릎 구부린 아비 소가 갓 난 송아지의 등을 핥아주고 있을 거라고 그 무릎에 가만히 지상을 얹어보는데

소 떼의 느린 걸음이 젖어 돌아오는 그때, 마음만 먹으면 쉽게 갈 수 있는 저곳이라는 듯 붉은 목젖이 서녘을 필사한다

"달이 어째서 서방까지 가시겠습니까 두 손 곧추 모아 그리는 이 있다 사뢰소서"

일생이 어두운 혀가 서쪽에서 돋는 까닭을 알 것 같았다 미처 둘러보지 못한 동쪽을 갸웃거리는 나, 달마가 동쪽으로 간 까닭은 몰라도 좋았다

－「돌아나는 서녘」 전문

소나무 가지에서 까치 몇 마리가 일몰의 태양 속으로 힘차게 날기 시작한다. 둥지로 돌아가려는 것인지 모른다. 아버지 오름이 벌겋게 물들기 시작한다. 나의 극락은 따뜻하고 안온했던 아버지의 품속이었는지 모른다.

한라산 일몰

머체왓 전설

　　머체왓은 머체(돌)로 이루어진 왓(밭), 즉 돌밭이라는 뜻을 지닌 제주 방언이다. 머체 오름은 머체, 즉 돌밭으로 이루어진 오름, 지형이 말의 형태(馬体)를 띠고 있다는 설에서 붙여진 이름이다. 머체왓 숲길은 목장을 중심으로 한 숲길로 느쟁이왓다리, 산림욕 치유쉼터, 머체왓 집터, 목장길, 서중천 숲터널, 참꽃나무 숲길 등 다양한 코스로 이뤄져 있어, 제주의 자연을 보고 느끼는데 손색이 없다.

소롱콧길(남원읍 한남리 머체왓)

오승철 시인의 시비

　　서울에서 내려온 모 시인과 이승악을 가기로 한 날이
다. 이승악 주차장에서 중학교 2년 후배인 오승철 시인을
만나 안내를 받기로 했다. 모처럼 얻은 기회여서 평소, 혼
자서 가기 힘든 머체왓 숲길로 향한다. 서성로를 따라 얼
마간 달리니 머체왓 숲길 방문객 지원센터가 보인다. '터
무니 있다'라는 오 시인의 시비가 한눈에 들어온다. 오 시
인은 머체곳 집터의 무늬, 4 · 3의 흔적을 증언하는 '터무
니 있다'란 시로 2014년 '오늘의 시조' 문학상을 받은 바
있다. 오 시인의 시를 읽고 나니. 터무늬의 내력이 더욱
궁금해진다.

숲길 체험을 생략하고 목장 길을 가로지른다. 편백나무 숲 사이 숨은 집터로 향한다. 집터에는 모두 6가구 살았다는데 1948년 4·3 사건으로 마을이 폐동되었다고 한다. 당시의 소주병이 시대의 훈장처럼 뒹구는 집터에는 그날의 잔해가 그대로 남아 있다.

편백나무 옆에는 사라진 사람 대신 대나무가 주인 노릇을 하고 있었다. 타다 남은 돌과 돌멩이들은 불의 색깔로 남아 있다. 시비에 쓰여진 '삐라처럼 피는 찔레'는 보이지 않고 가시덤불만 무성한 길, 저 오솔길은 마을로 가는 올레길이었을 것이다.

4월 3일, 그날의 잔해들(머체왓 집터)

마을은 보이지 않는데 마을이 있다 하네

아무리 둘러봐도 돌밭뿐인데 마을이 있다 하네

터무니를 찾으면 마을을 볼 수 있다 하네

터무니만 있으면 죽음의 내력까지 읽어낼 수 있다 하네

터무니란 생전에 지은 집의 무늬란 말. 손가락무늬로

산목숨 감별해내듯 터무니를 찾아 돌밭으로 들어서네

무너진 돌과 돌 사이 말 먹이던 헛간이 술병 비우고 있네

고팡 옆에 숨어든 술병이 비워지기도 전에

편백나무 숲길을 달려온 바람이 먼저 취하네

찌그러진 주전자와 간장 종지는 정짓간 보여주는데

마른 솔잎에 입김 불어 넣던 사람들은 어디로 갔나,

용소(龍沼)로 사라졌나 잿더미 속으로 숨어 버렸나

꾹꾹, 동박새가 우는데 가시덤불마다 찔레꽃 더미,

죽창 찔린 그 날의 흰 무명옷들 나부끼는데

찔레꽃 향기 따라 들어간 머체왓,

햇살 혼자 노는 그곳에 터무니가 있었네

산 사람도 죽은 사람도 세 들지 못하는 돌밭에 터무니가 있
었네

집을 쌓았던 돌덩어리만 눈 부릅뜨고 터무니를 지키고 있었네

봉두난발, 일가 이룬 잡풀들이 사람 대신 기거하고 있었네

마당에는 쪽동백나무 홀로 서서 뚝, 뚝, 꽃 모가지 떨구고
있었네

핏방울 맺힌 생전의 무늬를 그리고 있었네

─「머체왓 전설」 전문

인간에게 있어 자연만큼 소중한 것은 없다. 문명이 아무리 발달한다 해도 자연을 지키지 못하면 역사의 존폐가치가 없어진다. 자연은 단순히 있는 그대로의 사물이 아니다. 자연은 세월이 쓴 역사며. 기술되지 않는 서책이다.

사라진 집의 안 거리(안채)

해거름 전망대에서

아무도 없는 옆방에서/ 누군가 부른다 마치 나인 것처럼

나는 서둘러 문을 연다/ 이쪽은 어두운데/ 그곳은 밝게 햇살이 비치고 있어

지금 막 누군가 떠나간 참인 듯/ 그림자가 슬쩍 눈을 스친다/ 하나 내가 쫓으면 이미 아무도 없고/ 별다를 것 없는 해질녘이 된다

꽃병엔 먼지가 쌓였다/ 창문을 여니 하늘이 밝은데 거기서도/ 누군가 부른다 마치 나인 것처럼…

— 다나카와 슌타로, 「해질녘」 전문

해거름은 해가 서쪽으로 기울어질 무렵을 뜻하는 용어다. 해가 떠 있는 시간의 흐름에 따라 구분해보면, 해넘이보다 조금 앞선 때를 가리킨다. 해넘이는 해가 서쪽 산

마루나 지평선 뒤로 넘어가거나 수평선 아래로 잠기는 때다. 아름다운 해넘이를 볼 수 있는 시간을 특성화한 곳이 있다. 한경면 판포리, 신창리, 금등리, 두모리, 4개의 권역을 하나로 묶은 해거름마을이 그곳이다. 도시와 시골의 교류를 위한 연계 프로그램에서 태동한 것이지만, 그보다 바닷가의 풍경이 아름답고 제주 전통 농촌 풍경이 잘 보존된 지역에 속한 마을들이다. '해 너머 머물고 싶은 곳'이라는 멋진 표현으로 관광객들의 호감을 사는 한편, 제주의 변두리에 속한 마을들이어서 제주의 농촌 체험을 하기에 적합한 곳이기도 하다. 그중에서도 해거름 마을의 관문인 판포리 바다는 제주의 숨은 비경이라 할 수 있다. 황금빛으로 물드는 그 황홀경을 보러 종종 전망대로 향한

해거름 전망대에서 바라본 일몰

노을을 젓는 나룻배 한 척

다. 한경면의 입구인 판포리 마을 전면에 들어선 해거름 전망대다.

뉘엿뉘엿 지는 석양빛을 벗 삼아 걷다 보면 멀리 하수종말처리장이 보인다. 궁궐 같은 위용을 자랑하는 하수종말처리장의 초록 기와가 녹색비단구렁이처럼 빛나는 그때, 바다 저 멀리 불사조같이 날개를 펴는 잔광이 구름 위까지 솟구친다. 장엄하게 불타는 바다 위를 떠가는 조각배,

일몰을 향해 낚싯대를 던지는 사람의 실루엣이 환상

너는 태양, 나는 갯바위

처럼 저무는 풍경에 방점을 찍는다. 전망대 이 층 창가에
앉아 바다를 바라보면, 보랏빛 여명이 마음에 잔물결을
썼다 지운다. 잿더미가 되기 위해 하늘도 바다도 마지막
힘을 다하는 시간, 설핏 기운 수평선이 잉걸불처럼 박혀
든다. 동공이 파 먹힌 새처럼 두 눈이 머릿속에 지워지지
않는 풍경을 아로새긴다.

　어느덧 해는 장밋빛 서녘으로 사라지고 그 순간마저
꿈으로 여겨지는 그때, 내 인생도 세월을 건너뛰었음을
실감한다. 마음속에 잠겨 있는 어둑한 풍경들, 물 위를 튀
어 오르는 숭어가 아니라 갯바위에 숨은 숭어가 되고 싶

밤낚시(판포 포구)

었던 걸까, 아무리 불러도 대답 없는 나를 그리워하는 또 다른 내가 술래처럼 거기 서 있다.

태양이 슬리퍼를 벗어 던진 판포리서부터 검은 길이다 질척해진 길이 두 눈을 뽑아 해변으로 던진다

동공이 파 먹힌 새 한 마리 수평선에 얹힌다 스쳐 지나간 날개를 말하는 것은 물빛 젖은 바람, 물색을 본뜬 서풍에 밀려 바다의 밑줄 같은 배 두 척이 지워진다

절실하게 그립지만 절박하게 두려운 것은 마음의 벼랑일까,

너를 사랑한 일이 세상에 하나밖에 없는 그림이었으면, 사진이었으면,

필기용 책상을 가진 물결 앞에서 낭떠러지를 말하고 나니 어떤 그리움도 죽음마저도 발가락이 식별되지 않는 맨발이어서 한 폭의 바다를 불사른 어둠은 이제 문둥이다

낚싯줄을 드리운 방향에서 돋아나는 일몰을 몰고 너에게 도착한다 손바닥에 금침을 품은 나는 저 물결에 얼룩진 발자국을 내줘도 좋은 것이다

변함없이 친밀한 저녁이 되기 위하여 갯바위에 숨은 한 마리 숭어여도 되는 것이다 귀밑머리 촉촉이 젖는 거기서부터 달빛이 수를 놓는 월령리다

－「해거름 전망대에서」 전문

선인장 잎사귀마다 마악 돋기 시작한 달빛이 스며든다. 저, 달빛 바늘로 내 인생의 가시들을 빼낼 수 있다면, 어떠한 해거름도 두렵지 않으리라, 어둡지만 어둡지만은 않은 길이 '해 너머 머물고 싶은 곳'으로 나를 안내한다.

수평선 너머로 사라지는 태양을 붙잡기 위해 마지막 안간힘을 쓰는 때가 해거름이다. 마음의 낭떠러지인 포기

와 좌절, 마음의 벼랑인 소외와 결핍이 아무리 등을 떠밀어도 하던 일의 마무리를 지어야 할 때가 그때다. 어떤 그리움도 죽음마저도 발가락이 식별되지 않는 맨발이라는 것을 깨닫는 그 시간, 해거름 전망대를 뒤로하고 다시 길을 나선다.

해 너머 머물고 싶은 곳

산수국 통신

10년 전, 반 귀향을 했다. 건강 때문이었지만 향수 달래기, 혹은 귀소본능이라는 명목하에 가족의 허락을 받고 서울과 제주를 오가며 살게 된 것이다. 글을 쓰기 위한 목적도 있었다. 중산간 마을 외곽에 자리 잡은 처소는 하루 종일 한두 사람 올까 말까 한 외진 곳이다. 잡초를 뽑거나 집 앞에 늘어선 제밤나무에게 말을 거는 일이 전부이지만, 느리게 하루를 소일하다 보면, 시간의 구속에서 벗어난 느낌을 준다.

집 앞 계곡의 웅덩이에서 쏟아지는 개구리 울음소리와 마당 가득 내려앉은 별무리들이 나를 지키는 호사 속에서 혼밥을 먹는 외로움만큼 두고 온 것들에 대한 그리움도 깊어진다.

자유가 얼마나 고독한 것인지 위리안치된 중죄인처럼 자유를 받아든다. 나와 주고받는 말 외엔 말이 필요 없는

오솔길

좁고 기다란 돌담

곳, 전후좌우로 보이는 것은 과수원을 둘러싼 돌담뿐이다.

가장 가까이 있는 옆집은 그야말로 길고 좁다란 땅을 가진 집이다. 폭은 좁고 길이가 긴 옆집을 가려면 '옆'이라는 말이 무색할 정도로 걸어야 한다.

'길고 좁다란'은 '길다'와 '좁다랗다'는 두 단어가 '~고'라는 어미로 연결되어 '형용사형 서술어'를 이룬다. 형용사란 명사의 모양, 색깔, 성질, 크기, 개수 등을 자세하게 설명하거나 꾸며 주는 말이다.

'길다'라는 형용사는 "잇닿아 있는 물체의 두 끝이 서로 멀다." 이어지는 시간상의 한때에서 다른 때까지의 동안이 오래다라는 뜻을 갖고 있다. 다 아시다시피, '좁다랗다'라는 형용사는 "너비나 공간이 매우 좁다"라는 말이다. 이 낱말의 이미지는 목을 조이는 끈을 연상시키는 듯 아슬하지만 '~고'라는 연결어미에 힘입어, 갈등과 화해, 길항과 순항을 반복하는 내 마음의 공간을 불러내어 준다.

동어반복을 지양하는 시작법의 측면에서 보면 '길고 좁다란'이란 말이 무려 10번 사용되어 진 다음의 시는 실패작인지도 모른다. 그럼에도 나는 '길고 좁다란'이라는 말을 반복하여 뇌까릴 수밖에 없었다. '길고 좁다란'이란 말이 주술처럼 입술을 물고 늘어졌기 때문이다.

길고 좁다란 땅을 가진 옆집에서 길고 좁다란 닭 울음소리가 건너옵니다 길고 좁다란 돌담이 젖습니다 길고 좁다란 돌담을 꽃피우고 싶어졌습니다 길고 좁다란 돌담 속에서 길고 좁다란 뱀을 꺼냈습니다 길고 좁다란 목에게 길고 좁다란 뱀을 먹였습니다 길고 좁다란 목을 가진 닭 울음소리가 그쳤습니다 비 오는 북쪽이 닭 울음소리를 훔쳤겠지요 길고 좁다란 형용사만 그대 곁에 남았겠지요

비 개어 청보라 빛 산수국 한 그루 피었습니다 그대에게 나는 산수국 피는 남쪽이고 싶었습니다
— 「산수국 통신」 전문

휴애리 수국축제(남원면 신례리)

돌의 완결, 돌창고

땅, 돌담, 뱀, 닭의 목, 울음소리, 등은 내 무의식에 걸쳐있는 그리움의 전형적 이미지들이다. 이 이미지들을 돌올하게 내세우는 '길고 좁다란' 수식어를 통해 나는 무엇을 말하고자 하였던가, 산수국 꽃 피는 격동(激動)의 봄을 실재의 공간 속에 풀어놓고 싶었던 걸까, 심상과 실재 사이에 계기적인 관계를 보여주고 싶었는지 모른다. 그래서일까, 이 시의 첫 구절은 가감 없이 흘러나온 표현이다.

'길고 좁다란' 형용사를 남길 수밖에 없는 이 공간에 자발적으로 나는 나를 유폐시켰고 유배시켰다. 오늘도 좁고 기다란 땅을 가진 옆집에서 닭 울음소리가 들려온다. 우기의 나날이, 비 오는 북쪽이 그대와 나를 가른다 해도 변함없이 피는 제주 산수국처럼 영원한 남쪽이 되고 싶다는 심연의 공간을 그대에게 타전하고 싶어진다.

3부

데드 존

요즘 들어 '데드 존(dead zone)'이라는 말이 자주 등장한다. 휴대폰의 데드 존, 대서양의 데드 존, 뇌 속의 데드 존 등, 그 사용처도 다양하다. 데드존의 한자어인 사각지대(死角地帶)라는 용어도 신문지면의 단골이다. 안전 사각지대, 복지 사각지대, 주거 사각지대 등, 쓰임새가 더 다각적(多角的)이다. 데드 존의 원뜻은 운동 용어로써, 볼이 들어가지 아니하는 네트 근처 지점을 의미한다. 한글 사

만발한 봄

역삼동 벚꽃 길(서울, 강남구)

전 풀이는 협소하지만, 영어권에서는 아무런 일이 일어나지 않는 장소나 그런 시기, 중립 지역, 휴대전화가 터지지 않는 지역, 물속에서 산소가 충분하지 않아 생물이 살 수 없는 지역 등, 좀 더 다양한 의미를 보여준다. 부정적인 이미지가 선점하는 탓에 데드 존의 기표적 느낌은 죽음 이미지를 먼저 떠올리게 한다.

그러나, 죽음이란 원래 생명의 고귀함을 증명하는 역설을 지닌다. "4월은 잔인한 달/ 죽은 땅에서 라일락을 피우며/ 추억과 욕망을 뒤섞고/ 봄비로 잠든 뿌리를 일깨운다"고 노래한 엘리엇의 '황무지'처럼 그 이미지는 피동

적 주체를 파동 시키며 폭력과 억압에 길항하는 희생과
부활을 논의케 한다.

자연은 스스로 있는 것, 인위적인 폭력에 항거하는
자연적 존재들은 잎을 틔우고 성장하면서 혁신의 봄을 마
련한다.

4월의 길목이다. 온갖 꽃이며 행락객들이 알록달록
피어나는 아름다운 계절이지만 4 · 3 사건, 4 · 16 세월호
참사. 4 · 19 민주혁명과 같은 결코 간과할 수 없는 4월의
기억들이 데드 존으로 인도한다. 그 아픈 구역을 시인은
어떻게 말해야 하나, 지나간 계절의 폭설을 뚫고 이제 막

봄을 맴돌다

고개를 내밀고 있는 팽나무 싹처럼 눈동자 밖으로 돌출하는 그 이미지들을 시인은 시로 쓸 수밖에 없다.

당신의 여름을 폐간합니다 수습이 필요하면 봄은 남겨두기로 하죠, 제주행 비행기를 탄 날, 폭설을 만났네

스팸메일처럼 한 방향으로 몰아치는 눈보라, 내릴 수도 돌아갈 수도 없는 기내(機內)에서 탑승할 수 없는 메일을 읽은 마음이 쓰러진 울타리네

가을이 오기 전에 여름이 사라질지 모릅니다, 들리는 건 다만 그 얘기뿐인데 축생을 가두어 기르는 울타리는 높은 지위에 오르고 지상의 내릴 곳은 보이지 않네

온실 속의 꽃들은 어떡하나, 이미 청탁한 봄을 철회해야 하나, 몇 권의 봄을 궁리해온 사람들은 하느님을 외치네

난분분한 혓바닥으로 미쳐 날뛰는 바람과 함부로 돌아다니는 눈의 속살을 설명할 길이 없네 잔치를 향한 신탁의 기도는 멀고 눈에 갇힌 시간을 논의할 지면은 보이지 않네

멀고 먼 아마존, 섬광이 번쩍이는 밀림에선 폐간되는 나무들로 죽은 언어가 쌓인다는데 나무가 떨군 활자며 문장을 어떤 눈이 먼저 수록했나

꽃과 동시에 열매를 맺는 나무의 모양을 원하면서도 도끼날이 박힌 나무의 실상을 몰랐던 눈의 오독이 비행기 날개처럼 벌목지대로 돌아가네

지상의 어떤 나무에게도 목숨 내건 봄이 있었네 봄이라는 혁신호가 있었네

마른 수피에 새 살이 돋는 것이 혁신이라면 그대여, 정치도 역사도 어떤 학문도 구태의연한 페이지는 폐하는 것이 옳지 않겠나

그대에게 보낸 봄을 철회하네 눈 덮인 모든 지경을 첫 페이지로 삼아주시게 아직 싹 트지 않은 봄의 순결한 발자국을 찾아주시게

무성한 나무 그늘이 이파리를 다 떨군다 해도 나는 브라질 호두나무 아래서 책을 읽고 있겠네

－「데드 존」 전문

4월은 이제 과거의 행적과 미래의 비전을 어떻게 소통시키느냐에 따라 계절의 여왕인 신록의 5월을 예감해 볼 수 있는 중요한 위치에 서 있다. '지상의 어떤 나무에

빈집 마당의 꽃 잔치

게도 목숨 내건 봄이 있'듯 우리에게는 아직 싹 트지 않은
봄의 순결한 발자국을 찾아야 할 의무가 있다. 절망이 희
망으로, 슬픔이 기쁨으로 변환되는 4월이 있는 한, 우리
는 여전히 아프지만 힘차게 호흡할 것이다.

비 오는 날의 연가

　바야흐로 우기(雨期)의 계절이다. 후덕한 사람의 눈물인 양 마당 한구석에 있는 파초 잎에 빗방울이 가득 구른다. 처마 끝 낙숫물도 일정한 간격과 밀도를 보여주며 리듬을 타기 시작한다. 엊그제 물러났던 장마전선이 북상하여 내일이면, 전국적으로 장마가 시작된다고 하니 이상기후가 빈번한 요즈음, 제때 찾아든 자연의 섭리가 반갑기까지 하다.

비 오는 날의 파초

오뉴월 장마는 음력에 의하여 유래된 말이어서 그 시기는 실상 6, 7월을 가리킨다. 이때가 되면 오호츠크해 고기압과 북태평양 고기압 사이로 뚜렷한 전선이 생기는데 이동하지 않고 머무는 성질을 가진 이 전선과 수렴대가 우기를 몰고 오기 때문에 이를 장마전선이라고 부른다. 장마전선이 생기면 삶에도 여러 가지 변화가 생긴다. 변덕이 심한 장마전선이 얼마나 많은 해악을 끼칠지, 총을 들고 싸우는 전쟁은 아니지만 내리는 빗속에 잠겨 있는 일상과의 전투가 힘겨워진다.

참새들의 수다

식중독을 비롯해 여러 질병이 발생하고 저기압으로 관절 통증이 심해진다. 일조량이 감소 되므로 시도 때도 없이 졸리거나 기분이 저하되고 심리적으로 위축되는 느낌을 받기도 한다. 흔히 말하는 장마 우울증으로 이는 몸 속에 멜라토닌의 분비가 증가하기 때문이다. 멜라토닌은 밤에 집중적으로 분비되는 호르몬인데 우리 몸이 햇빛에 노출되면 멜라토닌 분비가 억제되고, 기분을 좋게 하는 호르몬인 세로토닌의 분비가 활성화된다. 퀸즐랜드 대학교 '나오미 로거스' 박사는 '시드니 모닝 헤럴드'와의 인터뷰에서 아침에 햇빛을 보지 못하면, 우리의 몸은 낮 모드(mode)에 맞게 바뀌어야 한다는 신호를 받지 못하게 된다며, 세로토닌 대신 멜라토닌이 계속해서 분비돼 하루 종일 피곤하고 늘어지게 되는 이유라고 설명한다.

비가 내릴 때 지붕이나 땅바닥, 우산에 똑똑 부딪히며 나는 규칙적인 소리를 이른바 핑크 노이즈(Pink noise)라고 한다. 핑크 노이즈는 백색 소음(White noise)처럼 불필요한 뇌의 활동을 줄이기 때문에 수면을 유도하는 역할을 한다고 한다. 저음과 중음대의 음이 고음보다 높은 핑크 노이즈는 백색 소음보다 심리적으로 안정감을 주는 것으로 알려져 있다. 그래서인지 비 오는 날 맞선이나 소개팅을 하면 맑은 날보다 성공률이 높다는 조사 결과도 있

빗방울 무늬

으며, 비 오는 날에는 저항력이 약해져 이별을 통보받아
도 화가 덜 난다는 이야기도 있다. 규칙적인 빗소리가 우
리의 마음을 차분하게 만들기 때문이라고 한다.

　비 오는 날의 미각은 파전과 부침개를 혀끝에 올린
다. 기름에서 지글대는 소리가 빗소리와 비슷하고, 기름
냄새가 멀리 퍼져나가기 때문이다. 그러한 심리 코드를
살펴보면 조상들의 지혜가 숨어 있다. 탄수화물(전분)은
인체에 들어오게 되면 자연스럽게 당으로 바뀌어, 이 당
은 사람을 진정시키고 스트레스를 저하시키는 작용을 한
다. 이를 조상들은 삶 속에서 터득한 것이다. 장마가 끼치
는 양태는 이처럼 다양하게 나타나지만, 비 오는 날을 좋

해안의 새(하효 포구)

아하는 심리는 빗속에 젖어 든 초목처럼 우울과 낭만이
어울려 빚어낸다. 크고 작은 빗소리는 다분히 몽환적이어
서 비현실적 공간으로 쉽게 초대한다.

눈물 너머의 풍경처럼 흐릿하게 경계를 지워가는 세
상 속에서 오로지 들리는 것은 빗소리며 그 속에 잠겨 있
는 또 다른 내가 기억 속을 왕래한다. 고달픔과 외로움을
달래주던 건 우산 위로 흐르던 눈물 같은 빗줄기였기 때
문이었을까. 투명한 비닐우산을 받쳐 들고 쏘다니던 소녀
시절, 수채화처럼 번져가던 풍경이 아련히 떠오른다.

비 오는 날에는
빗방울 같은 존재가 되고 싶다

웅덩이 위에 고이는 가벼움으로
누군가에게 물결 쳐 갈 때
바람에 부딪혀
동그란 평온이 흔들리고
비스듬히 꽂힐지 모르겠지만
문득, 그렇게 부딪히고 싶다

비 오는 날에는
빗방울 같은 존재를 만나고 싶다
창문을 두들기는 간절함으로
누군가 비밀번호를 누를 때
바람에 흩날려
흐르던 노래가 지워지고
희미하게 얼룩질지 모르겠지만
한순간, 그렇게 젖어 들고 싶다

비 오는 날에는
빗방울 같은 존재로 남고 싶다
가두거나 가볍게 굴릴 수 없는
투명한 세계나무의 나이테처럼
옹이 지거나
수갑 채우지는 않겠다

컵이나 주전자에

자유롭게 담기는 사유의 기쁨으로
빗방울 같은 내가
빗방울 같은 너에게
다만, 그렇게 담겨지고 싶다

-「비 오는 날의 연가(戀歌)」전문

장마의 계절이다. 기나긴 비의 행렬이 어떤 결과를
가져올지 알 수 없지만, 빗방울처럼 투명한 마음으로 지
루한 장마를 이겨냈으면 좋겠다. 그것이 설령 견딜 수 없
는 아픔일지라도 그 아픔에 스미거나 젖어 들면서, 그러
나 온전히 부서지지 않는 빗방울처럼 축축한 계절을 스며
들며 포옹하길 바란다.

지나가는 안개비

여름의 깊이

섭씨 35℃에 육박하는 폭염이 지상을 달구는 동안에도 계절은 어김없이 순행을 한다. 가을이 들었음을 알리는 입추가 지났다. 더위가 한풀 꺾인다는 처서(處暑), '땅에서는 귀뚜라미 등에 업혀 오고, 하늘에서는 뭉게구름 타고 온다.'는 처서가 지나면서 하늘도 남몰래 애태우는 사랑처럼 조금씩 깊어져 가고, 높이 떠 있는 뭉게구름 사이로 쏟아져 내리는 햇볕도 어쩐지 애잔하게 여겨진다.

불에 타지 않는 은박지처럼 구겨질 것 같은 햇빛의 질감은 뜨겁지만 따갑지 않다. 하루가 다르게 무성해지던 풀도 더이상 자라지 않는다. 마을 밖, 여기저기서 제초기 돌리는 소리가 요란해진다. 길가나 밭두렁의 풀을 깎거나 추석이 가까운 절기여서 산소를 찾아 벌초를 하는 등, 마을 초입에 있는 공동묘지도 얼기설기 엮인 풀 옷을 벗기 시작한다.

야, 더워 기대지 馬!(머체왓 목장)

숲속의 집

여름이 다시는 자라지 않는 풀만큼 깊어졌음을 실감하게 된다. 이때 예전의 부인들과 선비들은 여름 동안 장마에 젖은 옷이나 책을 음지(陰地)에 말리는 음건(陰乾)이나 햇볕에 말리는 포쇄(曝曬)를 이 무렵에 했다고 하니, 처서는 여름을 보내고 가을을 맞이하는 절후임이 틀림없는 것 같다.

"언니, 여긴 아침저녁 시원한 바람 불멘, 오늘 새벽에 문 닫고 잤다니까." 동생의 전화가 아니더라도 바람결의 미묘한 변화가 느껴진다.

유난히 메말랐던 올여름, 어느 때보다 숨을 헐떡이는 그것들이 안쓰러워, 다친 다리를 끌며 마당 구석구석까지 헤매는 일이 다반사였지만, 나무 한 그루, 꽃 한 송이까

마당을 점령한 들꽃 무리

지, 생명력을 자랑하는 그것들 앞에 서면 저절로 감사함을 느끼게 된다. 뜰에서 보내는 일이 가장 살뜰한 일이고 보면, 장마철 어디라 할 것 없이 눈에 띄던 민달팽이며, 테라스 아래에서 끝없이 기어 나오는 개미들 하며, 제집인 양 드나드는 집 거미들까지, 하잘것없는 생명이라 여겼던 미물들조차 반가운 벗이 되기 마련이다. 내 목숨과 저들의 목숨이 다름이 없음을 느끼게 된다.

적막한 저녁나절, 시들어가는 풀 끝에 머물다가는 잠자리에게 말을 거는 순간, 반짝, 문자 메시지가 뜬다 이 무더운 여름 어떻게 지내세요? 모 시인의 안부 문자다. 초록이 무성하다고 여름의 깊이를 전하려는데 서툰 손가락이 초촉이 무성하다고 답신한다. 잠시 후, 파안대소의 음성이 휴대폰을 타고 들려온다. "역시 시인이야, 초촉이 무성하다니? 풀이 그렇게 뾰족하게 자랐어?" 급소에 질린 듯 호젓한 순간의 외로움이 들통난다.

초촉은 풀로 된 펜을 연상시키기도 하고, 조조의 부하 장수인 '초촉'을 생각나게 한다. 초촉은 중국 후한 말 원희의 부장이다. 그는 장남과 함께 원희를 배반하고 유주를 차지하여 조조에게 귀순하였다. 적벽대전 때 한당과 싸우다가 전사한다. 어쩌면 나는 잠자리 한 마리가 날아

대나무 숲

간 허공의 깊이를, 붉은 놀 스러지는 저물녘의 하늘을, 목숨 걸고 싸워야 할 장수보다 목숨 걸고 써야 할 시인의 숙명으로 생각하는지 모르겠다. "어두워가는 풀밭도 그리움을 주군으로 둔 나도 몸속에 잉크를 담지 않으면 쓸모없는 펜대"가 되지 않겠는가? 시인의 길을 다시금 생각해본다.

여름 뜰에서 안부 메시지를 받는다
초록이 무성하다고 답장 쓰려는데
손가락이 마음대로 초촉이라 치고 만다
초촉이 무성하다 했으니
시퍼렇게 돋는 풀을
시인인 그대는 초록 잉크 담뿍 든 펜촉으로 읽었으려나

날카로운 풀 끝에 베인 손가락은

초촉(焦觸)의 칼보다

비명을 질러대는 방패에 가까운데

바지랑대 끝에 앉았다가는 잠자리 한 마리,

박명의 펜촉이 건너오고 건너가는 서쪽이

핏물 흐르는 벽이다

공중을 방패 삼은 이즈음의 나에겐

허공을 건너오는 모든 문장이 풀잎이어서

단검 같이 돋아나는 달빛을 공중에 적어둘 뿐

족집게로 올올이 뽑아낸 눈썹 같은 구절을

받아 적을 손톱이 없다

어두워가는 풀밭도 그리움을 주군으로 둔 나도

몸속에 잉크를 담지 않으면 쓸모없는 펜대

그대의 안부가 내려앉은 허공의 깊이를

모르는 바 아니나 번지는 노을마저

그대에게 닿는 펜촉이어서

저, 풀의 펜촉, 다다른 자리가 적벽이다

'가져도 금할 이 없고 써도 다함 없는'

초촉이 무성하니

허공을 베지 않으면 닿지 못하는

적벽의 서쪽, 거기가

지우고 다시 쓰는 이 여름의

마지막 지상이다

―「여름의 깊이」 전문

폭군처럼 뜨거웠던 여름날의 무기력에 지친 나날도 지우고 다시 쓰는 지상의 일일 뿐, 적벽(赤壁)과 같은 여름을 벗어날 때쯤 가을이 와 있지 않을까, 잘 마른 풀처럼 향기로운 가을 속에서 잘 익은 열매들을 알차게 수확할 수 있기를, 알알이 영근 열매 속에 폭염을 견뎌낸 인고의 기쁨을 맛볼 수 있기를 소망해 본다.

한남리 시험연구림

마고의 항아리

『한국민속대백과사전』은 마고에 대해서 '이 세상의 자연물 또는 지형을 창조한 거인여신'이라고 설명한다. 설문대할망에 대해선 '바닷속의 흙을 삽으로 떠서 제주도를 만들었다는 키가 크고 힘이 센 제주 여성 신'이라고 말하고 있다. 이처럼 창조주의 자격이 부여된 여성 거인신화의 흔적이라는 면에서 설문대할망과 마고는 동일성을 보

사려니 오름에서 본 한라산

이지만, 옛 문헌에 '선마고(詵麻姑)'로 기록되어 있는 것을 보면 설문대할망은 마고와 같다고 해도 무리가 없을 듯하다.

한라산을 베고 누워 한 다리는 서해에, 또 한 다리는 동해에 두고 손으로 땅을 훑어 산을 만들었다는 설문대할망의 거대한 신체 크기는 그 신령스러움을 형상화하는 과정에서 생겨난 현상으로 그 지역의 지형을 설명하는 향토색을 보여준다. 한라산은 고산이나 무릉 쪽에서 바라보면 주발을 엎어놓은 듯한 형태이지만, 풀어헤친 긴 머리하며 꼭 감은 두 눈. 잘생긴 코며 고운 입매, 완강하면서도 미려한 턱선 아래 봉긋 솟은 젖가슴까지 서귀포에서 바라보는 한라산은 여인의 모습을 선명하게 보여준다.

서귀포에서 바라보는 한라산은 여인의 모습을 선명하게 보여준다

"우리 처가가 하귀인디 마씸. 나 장가갈 때 5·16도로로 못 강 서쪽으로 뺑 돌아가수다" "무사 마씸" "어른들이 거기 무슨 신이 있댄 허영 글로 못 가게 헙디다" 중학교 후배에게 들은 이야기이지만 서귀포에서 바라보는 한라산의 모습을 옛사람들은 신(神), 즉 설문대할망(마고)으로 생각했다는 방증일 게다. 여인의 모습이 가장 섬세하게 보이는 곳은 아마, 영천악 부근이 아닐까 한다. 내가 사는 곳을 중심으로 하는 이야기이지만, 양마단지에서 하례리 입구까지 걸어 내려오면서, 그 모습을 바라보면 세상의 온갖 풍상을 두루 겪어낸 어머니가 긴 잠에 든 모습 같아 문득 마음이 울컥해진다. 한라산의 심장부에 있는 백록담은 그 어머니의 눈물 항아리라는 상상을 해본다.

제주말로 '냇창 친다'는 말이 있다. 비 오는 날 순식간에 불어터진 물줄기가 계곡을 휩쓸 때 쓰는 말이다. 보통 때는 건천이지만 비가 왔다 하면, 무서운 기세로 휘몰아쳐 내려오는 물소리가 밤잠을 깨울 만큼 요란하다. 바람 잘 날 없던 이 땅의 가슴 아픈 사연을 낱낱이 품은 설문대할망의 호곡(號哭) 소리일까, 그 흐느낌에 오히려 안도하는 것은 설문대할망이 지금도 살아있는 것처럼 느껴지기 때문이다. 제주가 지금처럼 세계의 주목을 받는 보물섬이 된 것은 설문대할망이 여전히 보살피고 지키고 있기 때문

이승악 원시림

이 아닐까. 자나 깨나 근심으로 출렁거리는 어머니의 마음, 수천수만 개의 별빛이 쏟아져도 백록담에 고인 물이 무쇠처럼 뜨거워지지 않는 연유(緣由)를 가만히 뇌여 본다.

　　왕벚나무 서어나무 붉가시나무 숲이 멀어지면 냉대림이다 자라면서 햇빛을 그리워한 냉대림의 얼굴에선 오래 묵은 물비린내가 난다

　　아랫마을 상머슴이던 곰보 아재처럼 고채목이며 구상나무며 숲의 쓸쓸한 그늘은 넓어지면서 애기고사리 같은 수염이 난다

　　산등성이에 쫓겨 산사람이 된 이야기, 두 눈에 불을 밝힌 도

깨비가 되었다는 이야기, 밤이면 낮을 쥐고 먹을 것을 구하러
마을로 내려갔다는 이야기,

그중에서도 사슴을 쏘려다가 하늘의 배를 쏘아버린 이야기
에 이르면 활시위처럼 난대와 초원과 활엽수림을 지나온 탁월
풍의 머리카락이 센다

옅은 먹의 점선으로 처리된 비가 산정에서 흩어진다 벽랑국
의 공주와도 같은 눈이 파란 어릴 적 동무며 별이 돋는 하늘은
보이지 않는다

보일 듯 말 듯, 물 위를 지나가는 흰 사슴과 신선, 끊어질
듯 이어질 듯, 깎아지른 골짜기와 푸른 계곡이 평포된 눈가에
무슨 얇은 조각이 반짝일 때면 산정은 이렇듯 문고리에 거는
쇠처럼 낡아진다

두무악에 서서 은하수를 잡아당기면 노인성(老人星)이 끌려
온다

장수한다는 별을 본 그 밤, 별의 방향이 서쪽으로 조금 기울
었는지 아버지와 곰보아재는 안개비 너머 돌무덤 속으로 돌아
갔다.

그리운 얼굴들이 무릎 아래 죄다 모인다는 돌무덤, 누가 다

녀갔는지 이쪽을 바라보는 노루 눈알이 먼다

귀신이 발목을 잡아당긴다는 백록담에서 마고의 항아리를 본다

물이 출렁거리는 솥단지, 수천수만 개의 별빛이 쏟아져도 고인 물이 무쇠처럼 뜨거워지지 않는 연유가 벌써 내 속에 들어온다

귀를 열면 청적색(淸笛色)의 바람, 맑은 피리 같은 바람 하나 들고 등에 지고 온 바닷가 마을은 멀다

– 「마고의 항아리」 전문

손에 닿다

　　고대 그리스의 서사시인 헤시오도스는 그의 저서『노동과 나날』에서 인간의 참된 행복은 노동에 있다고 주장했다. 노동이 인간의 고통과 궁핍함을 없애 줄 것이라는 그의 믿음은 농경사회와 산업사회뿐만 아니라 자본주의 시대인 현재에도 노동의 가치를 일깨워주는 시금석이 되고 있다. 노동을 하는데 있어서 가장 중요한 기관은 손이

마당의 하귤 나무

다. 행위의 주체이자, 인간의 욕구를 충족시키는 직접적인 도구로써 가장 중요한 지체(肢體) 중의 지체다.

"삶은 호흡하는 것이 아니라 행위를 하는 것이다."라고 한 '루소'의 말은 삶의 의미가 일하는 데 있다고 역설한다. "기도는 하늘의 축복을 받고 노동은 땅에서 축복을 파낸다. 기도는 하늘에 차고, 노동은 땅에 차니, 이 둘이 당신의 집에 행복을 실어다 준다."라는 '몽테뉴'의 말이나, 일하지 않으면 먹지도 말라는 속담 역시, 동일한 뜻을 내포한다. 건강한 두 손이 있음을 감사할 수밖에 없다.

봄은 인간이 자연에 반응하면서 이 자연과 자기 자신을 동시에 변화시키는 계절이다. 엊그제 샛바람이 불더니

글집 마당을 점령한 풀꽃

봄이 완연한 자태를 갖추었다. 여기저기 꽃 축제 소식도 심심찮게 들려온다. 효돈 마을 앞, 도로변에 늘어선 백목련 나무는 수천 마리 흰 새가 내려앉은 듯 활짝 피어 금방이라도 날아갈 듯 하늘거린다. 풀꽃들도 벌써 피어, 저들끼리 봄 잔치가 한창이다. 옆집 아주머니는 귤나무 가지 치는 틈틈이 잡초 제거며 상추, 쑥갓, 부추, 무, 배추 같은 씨앗을 뿌리느라 일손이 바쁘다. 햇살의 온도만큼 발돋움하던 마당의 잡초들도 키 재기를 한다. 봄은 그렇게 이목구비를 지닌 손을 기다리며 무르익는 중이다.

　손을 주로 사용하는 것은 인간이다. 침팬지류나 곰 같은 영장류 동물들에게도 손이 있다고 하지만 자유자재로 다룰 수 있는 앞발에 불과하다. 자연 그대로를 이용하여 살아가는 동물과 달리 인간은 노동을 통해 자연을 변화시킨다. 일하는 손은 그래서 값질 수밖에 없다. 일하는 손 중, 가장 아름다운 손은 어머니 손이다. 거칠고 주름투성이의 어머니 손이 섬섬옥수보다 아름답다는데 의의(疑意)를 달 사람은 없을 것이다. 초라하지만 거룩함마저 자아내는 손, 평생 자식들을 위해 희생해온 그 손이야말로 노동의 신성함을 증명하는 손이다. 희생을 덕목으로 하는 신성(神聖)을 지녔으니 말이다.

담쟁이가 주인인 집(한경명 판포리)

비워 두었던 집을 찾아간다

무성하게 자란 시간이 나를 기다린다

그 시간을 쫓는 일이 근황이라면

나의 근황은 몸 밖으로 난 잡초 뽑는 일

코앞 잡초 외엔 어떤 세상도 보이지 않고

어떤 빛깔도 사라지는 것이어서

잡초 뽑는 일에만 집착하게 된다

손이 몸의 주체가 되는 그때

손은 생명을 관장하는 신(神)이어서

잡스런 희망과

죽을 듯 피어났던 절망이 뽑혀 나가고

열망에 지친 이마를 빛나게 한다

잡초인지 아닌지

분별 못 하는 눈이 밝아진 것은

흙투성이 손에 닿은 그때쯤

잡초인 줄 믿고

풀꽃을 낚아챌 때도 있지만

생각만으로도 마당이 환해질 때가 있다

내 안 어딘가 보이지 않는 손이 있는 것일까

구부리고 앉아 잡초를 뽑다 보면

손이 먼저 나를 솎아낸다

누더기 시간이 사라진다

- 「손에 닿다」 전문

오늘도 잡초를 뽑는다. 코앞 잡초를 뽑을 일 외에 아무 생각도 나지 않는다. 물아일체(物我一體)의 순간, 무념무상(無念無想)의 순간이다. 몰입과 집중을 하다 보면, 내 안에 들어오는 또 하나의 손을 깨닫게 된다. 나의 실수가, 나의 과오가 남에게 누가 되지 않았는지, 잡초처럼 마구잡이 삶을 살았던 건 아닌지, 신(神)의 이름을 지닌 그 손에 닿게 된다.

왕소금 바다

    온 나라가 꽁꽁 얼어붙은 날, 제주에도 매서운 한파가 찾아들었다. 산간에 대설주의보가 발령되고, 전국에서 가장 따뜻하다는 서귀포에도 폭설이 찾아들어 눈이 쌓이는 이변이 일어났다. 흰색이 두루 점령한 제주의 풍경은 그다지 낯익은 모습은 아니다

    폭력적인 눈 폭탄에 한라산은 시침 자국마저 보이지

글집 앞 도로

눈 덮인 한라산

않는 커다란 흰 모자가 된 듯 요지부동이다. 하늘길과 바
닷길이 묶인 제주는 그야말로 태초의 고독을 짊어진 것처
럼 고립무원의 지상을 보여준다. 마을과 마을을 잇는 길
마저 눈 속에 갇혀 오갈 길 없는 마음은 답답하기만 하다.
자연의 위세 앞에 엎드린 인간이란 존재의 나약함을 수긍
하지 않을 수 없다.

　언니, 뭐 허맨.
　그냥, 내리는 눈을 바라보고 있어
　아고 언니, 이제 눈 보는 것도 지겹다, 물도 안 나오
고, 눈 퍼당 화장실 물 내리잰 허난 힘들엉 죽어 지켜.

볼멘소리로 투덜대는 동생의 전화를 받는다. 죽을 정
도로 힘든 건 아니겠지만 그 과장됨이 조금도 어색하지
않다. 버스가 눈길에 미끄러져 부상자가 발생하고 비닐하
우스가 무너졌다는 소식도 들려온다, 수도관이 동파되고
1100도로와 5·16도로를 비롯한 크고 작은 길들이 통제
되고 있다고 한다. 강풍과 한파, 폭설 때문에 생긴 피해이
자 상처라 아니할 수 없다.

이처럼 폭력적인 눈 폭탄을 맞았던 적은 없는 것 같
다. 기억 속에 내리는 눈은 오히려 포근했다. 아랫목에 둘
러앉아 삶은 고구마를 나눠 먹던 긴 겨울밤, 창호 문을 툭
툭 치며 내리는 싸라기눈이며 불빛에 스미던 눈발들은 얼
마나 마음을 설레게 했던가. 하얀 눈에 덮인 올레길이 뱀
처럼 긴 꼬리를 끌며 어둠 속으로 사라지는 모습은 얼마
나 신비로웠던가. 왕소금처럼 눈발 날리는 제주 바다는
또, 얼마나 마음을 시리게 했던가.

철없는 시절에 저지른 불효며 자잘한 회오의 감정이
지워지지 않는 상(像)을 만들어낸다. 돌이켜 보니, 제주 무
처럼 시퍼렇게 자랄 수 있었던 것은 이를 악물고 사랑의 매
를 드셨던 어머니, 제 몸에 염장 지르는 제주 바다처럼 무
수한 상처를 쓰다듬는 어머니의 손길이 존재하고 있었다.

범섬이 보이는 법환동 바다

눈발 날리는 제주바다를 본다
싸르락싸르락 구르는 눈발이 동치미를 담그는
왕소금 같다
흩어지는 그것들을 손바닥에 받아드니
어머니 모습이 어룽진다
하루 종일 바닷가를 헤매다 온 내 종아리에
물결무늬를 새겨 넣은 어머니,
시퍼렇게 얼어붙은 물결무늬는 동치미무
숭숭 썰어낸 칼금 같았지만
어머니는 칼금 속에 소금을 비벼 넣어
동치미를 담그셨다
저년의 종아리, 소금밭에 기냥 둬야 맛이 들지,
한 점 물기도 약탕관의 삼베보자기 짜듯 바투 짜내민
맛 안들엉 안 된다
종아리의 상처 자국 마른 뒤에야
국물을 붓던 어머니는 제 몸에 염장 지르는
제주바다 같았다
어머니 눈가에 소금 꽃 하얗게 돋아나는 밤,
나는 성에꽃 피워내는 유리창 바라보며
동치미 국물에 삶은 고구마를 목메게 먹었다
쩍쩍 갈라진 손등처럼 골 깊은
제주바다 앞에 설 때면
싸르락싸르락 왕소금 구르는 소리,
쓱쓱 내 종아리 익어가는 소리 들린다

　　　　　　　　　　　　　　－「왕소금 바다」 전문

상처는 긍정적이거나 부정적으로 진화할 수밖에 없는 두 얼굴을 지닌다. 독이 되거나 약이 되기도 하는 그것을 상처의 힘이라 부른다면, 상처를 딛고 일어서는 힘이야말로 상처가 지닌 역동적인 힘이며 긍정적인 얼굴이 아닐까. 옥시풀을 바를 때 피어나는 꽃처럼 그것은 상처가 지닌 진정한 에너지에서 발생하는 것인지 모른다.

겨울 바다

눈 쌓인 고수목장

　　폭설이 낸 상처는 아직 진행형이지만 하나같이 힘을
합쳐 대처한 제주인의 모습은 상처를 끌어안은 옥시풀이
다. 발목이 묶였던 공항 체류객들, 불안과 염려로 가득한
그들에게 베풀었던 온정의 손길은 제주인의 어진 기상이
함빡 꽃피운 것이리라. 그런 의미에서 이번에 겪은 피해
며 상처는 눈보라가 피워낸 꽃이다. 그 눈꽃이 다 지고 나
면, 한라산과 제주 바다도 한껏 더 푸르러 지고 깊어질 것
만 같다.

한 알의 사원

　마당에 감나무 한 그루가 있다. 누가 언제 심어놓았
는지 알 수 없지만, 가을이면 제법 실한 열매를 맺곤 한
다. 봄이면 참새 부리 같은 연초록 이파리로, 여름날에는
겨드랑이에 숨긴 매미 소리로, 겨울이면 가지를 흔드는
바람 소리로 사계(四季)를 연주하는 감나무는 척박한 서울
에서 살아왔던 나에게 문명과 자연의 합주 소리를 들려주
기도 한다.

　감나무는 여러 가지 추억을 불러오기도 한다. 감꽃
지는 소리가 창을 치는 밤이면 감꽃 목걸이를 걸어주던
첫사랑이 생각나고, 풋감이 나 뒹구는 나무 아래 서면, 속
절없이 가버린 젊은 날이 풋감처럼 마음을 때리기도 한
다.

　가을날, 감나무의 몸은 잘 차려진 밥상이다. 봄부터
가을까지 감나무는 쉬지 않고 밥상을 차릴 준비를 하고

별이 숨어있는 구름과 감나무, 그림(윤예준, 10세)

있었던 것이다. 봄여름 가을 지나 손에 쥐여준 이 고마운 열매를 받아들고 보니 감나무가 가족을 위해 열심히 일하는 아버지와 닮았다는 생각이 든다.

손바닥만 한 마당을 지키고 있는 감나무지만, 계절의 순환과 자연의 섭리를 아낌없이 보여주는 그 속에서 우주의 텃밭에서 길러온 한 알의 열매에 집중한다. 상강 지나 감나무 꼭대기에 매달린 까치밥을 본다. 바람이 불어도 떨어지지 않고 단단히 매달려 있는 것이 신기하기만 하다. 반쯤은 터진 붉은 열매가 중병을 앓는 것처럼 보인다.

감나무 가지가
까치밥 하나 껴안고 있다

까치밥이 흘러내린
붉은 밥알 껴안고 있다

판막증을 앓는 심장처럼
옆구리가 터져도

제 몸의 붉은 즙 비워내지 못하는
저, 까치밥

오랫동안
식솔을 껴안아 온 몸인 거다

까치가 날아와 숟가락 얹을 때까지
하염없이 기다려 온
밥그릇인 거다

나무가 제 몸을 밀어내도
사바세계
얼어붙은 손 놓지 못하는
한 알의 밥그릇 사원인 거다

-「한 알의 사원」 전문

.

    아버지를 닮은 간나무 앞에 서서 사바세계의 욕심을
겸허하게 내려놓고 싶었다. 생명이 다른 생명에게 아름답
게 전달되기를 바라면서, 한 그루의 나무가 사원이 되는
방식을 이야기하고 싶었다.

어미 닭과 병아리 그림(윤하성, 10세)

제논의 화살

시간은 그 자체로 연속적이다. 현재로만 환기되는 과거, 과거로만 지각되는 현재, 존재하지 않는 미래가 연속적으로 맞물린 관계의 망 속에서 연속적이지 않은 것은 시간이 아니다.

시애틀의 배션 아일랜드에서 자전거 나무를 보았을 때, '제논의 화살'이 생각났다. '날아가는 화살은 날지 않

헤거름 전망대 2층 내부

는다' 즉 '날아가는 화살은 정지해 있다'는 이 변증법은 '날아가는 화살은 순간순간 정지되어 있다'라는 생각에서 기인한 것으로, 화살이 날지 않으려면 시간이 존재하지 않아야 하고 시간이 존재하지 않는다면 화살도 존재할 수 없다는 유명한 역설(Paradox)이다. 화살이 멈춰 있지 않고 날아간다면 시간을 무한대로 쪼갤 수 있다는 역설의 진실은, 나무에 자전거가 박혀 있는 무한의 시간대와 접속되는 것이 아닐까.

해거름 마을공원의 자전거 형상물

역설은 정당하다고 생각되는 추리에 의해서, 처음에 상정된 생각과는 반대의 결론이 도출되는 현상을 말하는 것으로 일반적으로는 모순 또는 불합리한 생각을 나타낸다. 역설의 참된 의미는 그럼에도 그러한 현상이 포함하고 있는 깊은 진리를 뜻한다.

　　발생하자마자 과거의 것이 되고 마는 시공간을, 시라는 시 속에 불러오기 위해 나는 기억의 현재화라는 방법을 도출해냈다. 더는 존재하지 않지만 기억 속에 축적된 시간이야말로, 필요에 따라 언제든지 꺼낼 수 있는 또 다른 보고(寶庫)라고 할 것이다. 멈춰 있는 시간 속으로 들어가 본다.

　　　　시애틀의 배션 아일랜드에서 자전거 나무를 본다
　　　　자전거의 두 바퀴가
　　　　허공에 매달려 있는 커다란 꽃 같다
　　　　녹슨 바퀴 꽃 살대마다 지나가는 햇빛
　　　　내 눈에는
　　　　자전거가 달리고 있는 것처럼 보인다
　　　　나무가 껴안은 시간 속에서
　　　　자전거가 계속 달리고 있는데도
　　　　우리 눈이 멈춰 있다고 착각하는 것인지 모른다
　　　　유심히 살펴보니

허공을 수직으로 달리는 나무와

둥근 길을 나이데 속에 내려놓은 자전거가

서로의 속도를 껴안고 있다

달려오던 속도와 뿌리박힌 속도 중

어떤 속도가

페달을 내려놓은 것인지 알 수 없지만

한 영혼이 또 다른 혼에 머문 것처럼

서로의 허공을 쓰다듬고 있다

속도가 속도를 껴안는 순간

저 자전거나무

더 이상의 과녁이 필요 없다는 듯

딱, 멈춰 섰을 것이다

통과할 수 없는 시간이 각막에 달라붙은

거기서부터

내 눈먼 사랑도

벌겋게 녹물 번지기 시작했을 것이다

―「제논의 화살」 전문

흐르는 물처럼 한 번 지나간 시간은 돌아오지 않는다. 되돌릴 수 없는 시간의 불가역성은 모든 사건을 유일한 것으로 만든다. 지나간 것을 다시없는 것들로 만드는 이러한 시간의 불가역성이야말로 시적 공간을 입체적으로 구축하는 제논의 화살들일 것이다.

지나간 시간은 돌아오지 않는다

바나나

식탁 위에 놓여 있는 바나나를 집어 든다. 바나나는 먹기에 편리하다. 껍질만 까면 되는 과일이므로, 혼자 밥 먹기가 귀찮을 때면 바나나로 식사를 대신한다. 바나나를 먹으면서 생각의 계단을 오르내린다. 이 만남은 우연인가, 필연인가,

아무 생각 없이 행한 일인데 문득, 바나나가 궁금해진다. 바나나에 대한 생각이 많아진다. 바나나는 여러 연상을 불러온다. 그중 하나, 농담을 나누는 자리에서 바나나 모양이 남성의 성기와 닮았다거나 에로틱한 장면을 연상시킨다는 말을 들은 후로 바나나를 먹는 일이 부자연스러워졌다. 수입이 쉽지 않았던 예전과 달리 바나나는 값싸고 흔한 과일 중의 하나일 뿐인데도 남들 앞에서 쉽게 먹는 일이 쉽지 않게 된 것이다.

바나나 처지에서 생각해 본다. 바나나를 먹는 일은 바나나의 죽음에 닿는 일이다. 사랑의 본질은 죽음을 욕

사려니 오름의 나무계단

망한다고 했던가, 바나나의 외로움, 바나나의 죽음은 게
걸스러운 날들을 표상하는 인간의 욕망일 뿐, 인간의 죽
음과는 아무런 상관없다. 욕망의 대상이 되는 실재를 만
나게 되면 우리에게 무엇이 남나, 다행히도 바나나 껍질
은 이빨을 표백시키는 효과가 있다고 한다. 죽음 뒤에도
쓸모 있는 존재가 된다는 말이다.

　이러한 우연은 오토마톤인가, 투케인가, '라캉'의 정
신분석학에서는 기표(바나나)를 주체로 규정하고 의미를
만드는 상징적 질서의 원리로서의 우연인 '오토마톤
(automaton)'과 의미화 너머에 있는 실재와의 만남을 뜻하
는 우연으로서의 '투케(tuche)'로 나뉜다. 오토마톤이 주체

따로, 또 같이

를 규정하는 상징적 질서의 구조였다면, 투케(tuche)는 이 질서 너머에 있는 순전히 임의적인 우연이다. 보통 필연 (성)의 대립어로 사용되지만, 바나나를 먹는 것처럼 우연 이 발생하는 사건은 바나나를 먹은 사람과의 만남이 구체 화되는 외상적 사건이다.

바나나를 입에 물고 계단을 오른다
계단을 오르는 건 몸에 좋지
등이 꼿꼿하게 펴지거든
헤엄쳐온 생각을 혀로 핥는데
입속으로 사라지는 아, 바나나
긴장도 희열도 없는 바나나를 씹으며
바나나에 닿는다
슬픔 따위와 이별하듯 씹혀주는 바나나
즙액도 씨앗도 없는 열매의
거만함을 생각하다가
종족에게서 멀리 떠나온
외로움에 닿는다
갓 태어난 무덤 같은 아, 바나나
철학자처럼 게걸스러운 날들과 헤어진
바나나 껍질은 이빨에 좋다
이빨에 묻은 얼룩을 하얗게 닦아 준다
죽음 뒤엔

무엇이 남는지 말하지 않는 바나나
껍질만 남은 계단을 오른다
우연히 식탁에 놓여 있던
아, 바나나

- 「투케(tuche)에 대한 소고(小考)」

바나나의 상징체계를 변주하는 실재는 상상 속에 있는가, 우연히 만난 실체 속에 있는가, 무의식 속에 흘러나온 바나나 송을 쓰고 나니 바나나를 먹은 일이 결코 우연스럽지 않다. 이 글을 읽는 당신도 필연적인 만남이다.

바다가 보이는 창가

안탈리아

　　몇 년 전 터키에 있는 '안탈리아'를 여행한 적이 있다. 관광지로 유명한 터키의 고대 도시이다. 연중 300일 이상 밝은 태양이 내리쬐는 안탈리아는 지중해 연안을 품고 있어 부드러운 백사장과 돌출된 암반지대, 따뜻한 해안과 높이 솟은 토로스산맥 등 경치가 좋을 뿐만 아니라, 많은 유적 관광지들이 있어, 외국인뿐 아니라 터키인들도 자주

안탈리아 전경

찾는 휴양지이기도 하다. 휴가철에는 특히 러시아인들은 비행기를 전세 내어 단체로 찾아온다고 한다. 바오로(사도 바울)가 첫 전도 여행에 나서려 배를 탔던 곳이어서 기독교인들도 성지순례차 이곳을 거쳐 간다고 하니, 안탈리아를 찾아가는 마음은 이리저리 설렌다.

눈 덮인 토로스산맥을 병풍처럼 두른 안탈리아는 이미 봄이다. 아몬드 나무에서 풍겨오는 꽃향기, 이름 모를 야생화, 바람꽃이 봄의 전령사처럼 여기저기 환하게 피어 있다. 열매를 매달고 있는 레몬트리, 오렌지 나무, 야자수 나무가 지중해의 따뜻한 볕 속에서 우리를 맞는다. 따뜻한 기후며, 구불구불한 길이며, 바다를 둘러싼 풍광이 서

한적한 골목에서 기타 치는 노인

귀포와 비슷하기 때문일까! 마치 고향 서귀포가 나를 맞아주는 것 같다. 그만치 서귀포와 닮은 모습니다. 꾸불꾸불한 해안가를 둘러싸고 있는 고대 성곽을 지나 칼레이치(Kaleiçi) 거리로 들어선다

BC 135년, 안탈리아를 점령한 로마의 하드리아누스 황제에 의해 이 지방의 중심도시로 번창했다 한다. 그런 까닭에, 돌이 깔린 바닥이며 좁다란 골목 등, 칼레이치(Kaleiçi) 구시가지에는 당대에 만든 로마식 길이 그대로

안탈리아의 뒷골목 풍경

남아 있다. 오밀조밀한 골목과 붉은 지붕들, 낡고 아름다운 집들이 지중해의 정서를 유감없이 드러내며 관광객을 반긴다. 비둘기 한 마리, 길고양이도 피사체가 되는 거리. 고고학적인 풍경이 낡고 오래된 사랑을 떠올리게 한다. 낡고 오래된 사랑은 기억 속에 밀폐된 옛사랑이다. 유적이나 유물처럼, 시간 속에 묻혀 있다가 문득, 발굴되기도 한다.

고고학적 가치가 있는 거리에서

고고학적 사랑을 만나는 건

아프지 않다

기억 속에 밀폐된

당신과 나와의 거리를 재어 보는 일 같아서

처음 본 거리에서

속 모른 당신에게 빠지는 건

두렵지 않다

풍경이 되는 일 같아서

익숙한 느낌이 익숙해서 아플 때

헤이, 리라 꽃다발을 줄게

죽음을 항해하는 오디세우스처럼

나를 사랑해줘

올리브 나무를 지나온 바람처럼

나를 흔들어줘

풍경만 논하는 애인이 되어줄게

내륙의 작은 식당에서 깨물었던 올리브 절임처럼

역사와 정치를 말하지 않는 열매가 되어줄게

헤이, 어제와 내일로부터 고립된

나를 속여 봐

낡아빠진 골목을 연주하는 기타리스트처럼

나를 울려봐

고대 성곽을 넘은 길처럼

푸른 애인들을 투두둑, 떨구어 줄게

나 혼자 충분히, 낯선

관광지가 되어 줄게

— 「안탈리아」 전문

칼레이치 항구

'당신'과 '나'사이에 벌어진 간격 속에서 사랑의 대상인 당신을 불러내는 일은 익숙하다. 오래도록 불러 본 이름이기에 연습 없이도 부를 수 있는 이름이다. 사랑의 익숙함은 관광지처럼 보편적인 쾌감을 불러온다. 그러므로 사랑은 언제나 낯설어야 한다 '사랑'이라는 "익숙한 느낌이 익숙해서 아플 때," 대상 없는 갈망은 간절해진다. 곳곳마다 펼쳐지는 아름다운 풍경들을 애인이라고 불러본다. 지금은 가고 없는 당신이다.

히말라야의 민들레

　　인생에 있어 가장 위대하고 아름다운 여행은 곧 자신을 발견해가는 모험에 있다고 했던가. 먼지만 풀썩이는 공가공항에 내렸을 때, 1939년 하인리히 하러가 첫발을 디뎠던 당시와 별반 다르지 않은 듯 여겨졌다. 반세기가

티베트의 성산 '카일라스'

여름궁전의 민들레 무리

지났음에도 흙빛의 삭막한 풍경이 영화 속 장면과 다름없이 척박해 보였다. 끝없이 펼쳐진 흑갈색 산야, 히말라야의 깊은 그늘 아래 고인 흙탕물 웅덩이와 암석 골짜기, 흙빛의 대지가 세상의 끝임을 절로 절감케 했다. 하지만 그곳에도 꽃은 핀다.

갓길에 드문드문 피어 있는 민들레꽃과 티 없이 웃는 티베트 사람들의 미소가 바로 꽃이었다. 여름 궁전의 나무 그늘 아래 수없이 피어 있는 민들레 군단을 보았을 때, 그 아름다움은 기화요초로 꾸며진 여느 정원보다 더한 감농과 감탄을 자아냈다. 노랗게 물든 발밑도 수려하거니와 하얗게 센 머리를 받쳐 든 꽃대들의 장관은 무욕과 무위의 삶을 피워낸 티베트인들의 미소로 비쳐졌다. 민들레의 갓털(솜털)은 씨앗이 적당한 곳에 도달할 때까지 움직이지 않도록 씨앗을 고정해 주는 낙하산 역할을 한다. 무엇보다 수분을 공급하여 종족의 생명이 유지되도록 한다. 상상을 초월한 그들의 이동 경로는 알 수 없지만 가녀린 갓털에 의지하여 히말라야산맥을 넘어왔음에 틀림없다.

척박한 오지에 뿌리내린 사람들 역시 마찬가지였을 것이다. 연약하지만 강인한 생명력은 제주 사람들과 다름이 없다. 삶의 편견을 무화 시키는 저들의 미소야말로 그 공평함의 증거라 생각됐다. 척박한 환경 속에서 더없이 환하게 피어난 그들의 미소는 일상의 끈을 놓지 못하고 긴장과 경계심으로 살아가는 나에게 신비였으며 삶과 죽음의 경계를 넘는 바로미터처럼 생의 또 다른 접경을 한층 깊이 있게 바라보게 했다. 붓다의 미소처럼 피어난 그들을 보러 수천 킬로미터를 이동해 간 나 역시 민들레꽃에 다름 아니다.

조캉 사원 입구, 오체투지(五體投地)하는 사람들의 모습이 무더기로 피어난다. 축축한 바닥의 물기를 훔치면서

조캉사원 입구의 순례자들

차례를 기다리는 사람들, 얼마나 먼 길을 걸어왔는지 하나같이 때에 전 모습이지만, 순례지에 도착한 안도감과 기쁨으로 미소만은 환하게 핀 민들레꽃이다. 한쪽 구석에는 아기에게 젖을 물리거나 도시락을 까먹는 모습도 보인다. 여기저기서 들리는 기도 소리와 독경 소리가 번잡하면서도 신성한 분위기를 자아낸다.

사원 중앙 광장 공물을 태우는 화로에서는 곱향나무 태우는 알싸한 냄새가 끊이지 않는다. 손과 손에 향을 피울 마른 나무와 촛불을 밝힐 야크버터와 1각짜리 지폐 같

조캉사원 지붕에서 본 라싸 시내와 포탈라궁

은 공양 거리를 들고 끊임없이 인파가 밀려든다. 사원 앞의 향로와 사원 벽과 사원의 모든 조형물마다 기도 올리는 사람들이 미닫이문처럼 나타났다가 사라지고 다시 나타난다. 남녀노소 할 것 없이 마니차를 돌리며(마니차를 돌리는 것은 경전을 읽는 것과 같다고 한다) 참으로 간절하게 기도를 한다. 마니차를 돌리던 손을 멈추고 손바닥을 맞 비비는 할머니의 모습 위로 우리네 어머니 모습이 오버랩된다. 입속 깊이 중얼거리는 기도의 내용이 무엇인지 깊게 패인 이마의 주름이 대신 말해주는 듯하다. 내생을 위한 것일까, 현생을 위한 것일까. 공양한 야크 기름으로 24시간 내내 촛불을 밝히는 불빛들은 누구의 영혼인지 꺼질 줄 모른다. 다람쥐 쳇바퀴 같은 일상의 굴레 속에서 간절함을 잃어버린 무위도식의 삶이 문득 부끄러워진다.

티베트는 원래 토번 왕국을 계승한 어엿한 독립 국가였다. 제2차 세계대전에 중립적 입장을 견지한 티베트는 독립정부를 구성하기도 했지만, 중국인민해방군에 의해 1950년 침공을 받으면서 독립은 수포로 돌아가고, 1951년 5월 23일 티베트와 17조 협의를 체결해 강제 합병한 중국이 지금까지 지배권을 행사하고 있다. 지도자인 달라이 라마는 망명정부를 세웠지만, 중국의 4분의 1을 차지

라싸 시내에서 만난 청소부 아가씨

하는 넓은 영토를 언제 회복할지 시간이 흐른 지금은 독립이 요원해 보인다. 조캉 사원과 그 앞의 바코르 광장은 지난 1989년 대규모 유혈 독립시위가 시작된 곳, 2008년 중국으로부터의 분리 독립을 요구하는 시위대 중심인물들이 대량 피신해 있어 세계의 이목을 받았던 곳이기도 하다. 당시를 목격한 벽들은 연기에 그을린 채 침묵을 지키고 어지러울 정도의 짙은 향내가 티베탄들의 슬픔과는 아랑곳없이 그저 지나가는 나그네들의 눈요기가 되고 있을 뿐이다.

노랗게 태양 빛을 판각하는 민들레를 봄의

가장 긴 문장이라 하자

어떤 그늘도 갖지 않은 그 문장이 잘 읽히는 것은

무릎보다 낮은 바닥에 피어 있기 때문,

황금 사원이 써 내려간 마지막 문장은 홀씨

티벳어를 모르는 나는

새에게 날개를 내준 바람의 감탄사를

읊조릴 뿐이지만

하늘을 수식하는 희디흰 빛에

남몰래 울었네

얼룩진 기도문처럼 노파의 굽은 등 뒤로

흘러내리는 저, 흰빛

슬픔이 먼 길 걸어오는 동안

하얗게 세어버린 머리카락은

내 이마 위에서도 나풀거렸네

티벳 하늘처럼 높고 맑은 것에 마음을 걸어보니

이제 알겠네

납작하게 엎드려 핀 뒤통수들이

왜 그리 환한 문장인지

지상의 구멍을 채우는 단추처럼

민들레 세필이 회화문자 쓰는 하늘은

또 다른 바닥이어서

흰 깃을 단 이생이 서럽지만은 않네

─「히말라야의 민들레」

마니차를 돌리며 가족의 안위를 기도하는 티베트 할머니

인간이 살아가는 가장 높은 곳, 신들의 언덕에서 가장 낮은 자세로 코나(순례)를 하는 티베트는 과거와 현재가 공존하는 곳이다. 주어진 것에 만족하며, 가진 것 없는 가난한 삶일지라도 행복하다, 말하는 사람들, 티베트 사람들의 미소가 수천 리 길을 날아온 민들레처럼 인고(忍苦)의 꽃을 피우는 나라에서, 현세와 내세의 경계가 무의미함을 깨닫는다. 무언가 커다란 짐을 내려놓은 기분이다. 삶과 죽음의 경계를 넘는 바로미터처럼 생의 또 다른 접경을 한층 깊이 있게 바라보게 해준 그곳에서, 이생의 모든 자랑이 덧없어지는 순간과 평온함이야말로 산과 바다의 성지, 제주처럼 티베트가 나에게 준 가장 큰 선물일 것이다.

바닷가에 핀 문주란

해무(海霧)